西條奈加

牧谿の猿《もっけいのさる》

善人長屋

新潮社

目次

牧谿の猿　善人長屋

白狐

師走《しわす》の慌しさは格別で、質屋にとってもまた然《しか》り。

正月の仕度のために、一文でも余分に銭を工面しようと、着物や鍋釜、火鉢から布団まで『千鳥屋《ちどりや》』にもち込んでくる。

「今晩は冷えそうだから、布団はやめておいた方がいいんじゃないか？」

「嬶《かかあ》とくっついて寝るからよ、心配はいらねえよ。嬶布団が、何よりも温《ぬく》いからな」

「そりゃ、ごちそうさん」

主人の儀右衛門《ぎえもん》は、苦笑して布団を受けとり、銭と質札をわたす。おかげで毎年、師走になると、質蔵は満員御礼となり足の踏み場もない。

「どうしよう、おっかさん、布団置き場もいっぱいよ。奥に押し込むしかないかしら」

「奥は駄目だよ。きっと正月早々、質受けに来ようからね。そっちの行李《こうり》をどかして、場所を作るしかなさそうだね」

「どかすって、どこに？　きゃあ、布団の山が崩れてきた！」

お縫《ぬい》もまた、母のお俊《しゅん》とともに、蔵の中で右往左往した。大量の質草との格闘は、年の瀬ぎりぎりの大晦日《おおみそか》まで続き、精も根も尽き果てたが、一夜明けて正月が来ると、嘘のように静かになる。

正月二日から店を開け、今度は日銭を手にしたその日暮らしの客が、質受けのために詰めかける。十日もすると、蔵の中はすっきりと片付き、人心地がついた。

「それじゃあ、お縫、留守を頼んだよ。戸締りと火の元だけは、くれぐれも用心しなさい」

「明日の昼過ぎには戻るつもりだよ。ああ、晩ご飯は半《はん》さんのところでお上がり。おかるさんに頼んであるからね」

質屋商いが一段落した頃、両親は品川向こうの蒲田《かまた》へと出掛けた。儀右衛門の叔父がおり、すでにかなりの高齢だ。毎年この時期に様子伺いがてら、一泊するのが慣《なら》いとなっていた。

「大丈夫よ、もう子供じゃないんだから。店番も任しておいて」

お縫は胸を張ったが、儀右衛門は声を低めて、娘に念を押した。

「あっちの方は、出直してもらえ。決して容易《たやす》く応じてはならねえぞ」

「わかってます。本当に心配性ね。ほら、早く発《た》たないと、日が昇っちまうわよ」

両親を送り出し、それからほどなく、明け六つの鐘が鳴った。あと四半時《しはんとき》で日が昇る――明け六つの鐘はその合図だ。この鐘とともに、江戸の町は一斉に動き出す。

江戸城を囲む三十六の見附門と、各々の町に設けられた町木戸が開き、商家が開店する。身仕度を済ませ朝餉《あさげ》の用意にかかり、棒手振《ぼてふ》りが町に繰り出す。

お縫も店内《みせうち》と店先の掃除をして、千鳥屋と染め抜かれた藍の暖簾《のれん》を上げた。質屋の朝が相応に早いのは、仕事に行く前に立ち寄る客がいるからだ。

帳場に収まったところで、暖簾の向こうに人影が立った。

「いらっしゃいまし……なあんだ、文《ぶん》さんか」

「なあんだはご挨拶だな、お縫坊。せっかく助っ人に来てやったってのに」

同じ長屋の文吉《ぶんきち》である。いわゆる幼馴染《おさななじみ》と言えようが、未だにお縫を子供あつかいし、お縫坊と呼ぶ。框《かまち》に腰掛けて、火鉢の前で両手を広げた。

「助っ人って？」

「店番の助っ人だよ。お縫坊ひとりじゃ心許ないからって、お俊さんから頼まれたんだ」

「おっかさんたら、そんなこと一言も。店番くらい、いつものことなのに」

書画骨董となると話は別だが、下町の小さな質屋だけに、大方の質草は、日常使いの道具ばかりだ。修繕の跡が三つもある年季の入った釜ならいかほど、買って間もないぴかぴかの釜なら色をつけてこれくらい、とちゃんと頭に入っている。

肝心なのは、質草の値打ちを超えないこと。質流れとなっても損にならない、ぎりぎりの値は、父の儀右衛門しか見極められない。母やお縫は、値を低く抑えるよう心掛けており、客の方もその辺りは心得ている。

「なんだ、お縫ちゃんか。今日は外れだな」

父を相手に粘ろうとしていたのだろう。入ってくるなりがっかりする客もいた。

「だがよ、質屋は一見《いちげん》の客も多いだろ？　なかにはごねる輩《やから》もいようし」

客の半分ほどは、すでに常連と化している近所の顔馴染みだが、わざわざ遠くから訪ねてくる客もいる。金に困っていることを、周囲に知られたくない。町人は見栄で、武家ならば体裁のために、手元不如意《ふにょい》を隠そうとする。

「一見客は、値打物を抱えてくることが多いから、お断りするようにしているわ。ただし、着物や櫛《くし》簪《かんざし》なら、あたしもいっぱしよ。おっかさんの墨付きをいただいたもの」

衣類と髪飾りの目利きにおいては、お俊は玄人《くろうと》であり、娘にもこまめに手ほどきしてくれた。まだ母にはおよばぬものの、折々に見立てを任されるようになった。

えへん、と声に出し胸を張ったが、へいへい、と文吉は生返事だ。火箸で炭をつつきながら、それまでより声を落とした。

「わかってんだろ、あっちの客が来たときの用心だよ」

暖簾の隙間から見える、のどかな正月の風景が、たちまち陰ったような心地がする。

「本当は兄貴が頼まれたんだが、あいにくと今日は、親方と次の商いの相談があってよ」

唐吉《とうきち》と文吉の兄弟は、季物《きもの》売りを生業《なりわい》にしている。夏はきりぎりす、秋になればススキと、季節ごとに替わる品々を、元締めの親方から卸してもらい振り売りする。

「師走のうちは、煤《すす》払いの竹やら門松やら、重いもんばかりだったからな。正月くれえ、ちっと楽がしてえや。扇の空箱買いなぞがいいよな」

火鉢を覗き込んでぼやいていた文吉が、ひょいと顔を上げた。

「何だよ、お縫坊、何でむくれてんだ？」

「別に……むくれてないわよ」

「いやいや、その頰のつっぱりは、機嫌の悪い証しだろうが」

つき合いの長さは伊達《だて》ではなく、お縫の不機嫌をたちまち察する。ふくらみの増した頰のまま、ぼそぼそと応えた。

「だって……おとっつぁんも文さんも、あっちの話をもち出すから。お正月の呑気な風情が台無しだわ」

「仕方ねえだろ。ここは善人長屋なんだから」

「やめてよ、その二つ名は！　罪深さが倍になるような気がするわ」

やれやれ、と文吉がため息をつく。

「いまや千七長屋《せんしち》より、そっちの方が通りがいいじゃねえか」

千七長屋は、深川山本町、浄心寺《じょうしんじ》裏にある。富岡八幡宮からも、堀を二本へだてているがそう遠くない。ざっかけない下町で、長屋の木戸脇に、表店《おもてだな》の質屋千鳥屋があるために、千七長屋の名がついた。

しかし文吉の言うとおり、最近は善人長屋と呼ばれる方が、よほど多くなった。

耳にするたびに、お縫はいたたまれず、自ずとからだが縮こまる。お縫は火鉢の方に顔を近寄せて、小声で言った。

「善人どころか、うちの長屋は、裏稼業もちの悪党ばかりだってのに」

「悪党じゃなく、小悪党な。掏摸《すり》に盗人《ぬすっと》、騙《かた》りに偽証文、裏の情報屋《ねたもと》に美人局《つつもたせ》と、悪党としちゃ可愛らしいもんじゃねえか」

「どこが可愛いのよ！　よりにもよって、うちのおとっつぁんがその差配《さはい》なんですからね」

質屋の裏で儀右衛門は、盗品を捌《さば》く窩主《けいず》買《かい》もしている。あっちとは、そのことだ。

「そうぷりぷりしなさんな。そもそも長屋の評判を上げているのは、おれたちじゃなくあいつだろ？　文句ならそっちに……」

互いに声を落として、内緒話に徹していただけに、人が来たことに気づかなかった。

「おはよう、お縫ちゃん！　おや、文さんも一緒かい」

いきなり声をかけられて、とび上がらんばかりにびっくりする。

「加助《かすけ》さん……」

「脅かすなよ！　色んなもんが、口から出そうになっちまった」

いつもいつもこの男は、色々な意味で心の臓に悪い。

「まさか、こんな朝っぱらから、人助けの種を拾ってきたわけじゃあるめえな？」

「はは、違うよ。これから錠前の修繕に行くんだ。昨日一日で終わらなくてね。また日本橋まで出掛けるから、差配さんに伝えておこうと……そうか、旦那も出掛けなすったのか」

お縫が両親の不在を告げると、にこにことうなずく。

加助もまた長屋の住人で、ひとりだけ毛色が違う。いたって人の好い三十過ぎのこの男だけは、裏稼業をもっておらず、善人長屋の真実に、まったく気づいていない。

仕事は錠前職人で腕も良いのだが、ひとつだけ、非常に困った癖《へき》がある。

「おっさん、頼むから橋を越えてまで、厄介事を拾ってくんじゃねえぞ」

「そうね、今日はおとっつぁんもいないし、人助けには手が足りないものね」

「差配さんがおらずとも、長屋の皆がいるじゃないか。何と言っても、善人長屋なんだから。困ったお人がいたら、力になってあげないと」

誇らしげに胸を張り、満面の笑みを向ける。まごうかたなき善人たる加助に口にされると、長屋の二つ名はあまりに眩しい。

「じゃあ、行ってくるよ」

加助が出ていくと、肩の辺りの力が抜けた。

「よう、賭けねえか。おっさんが日本橋で、人助けの種を拾ってくるかこないか」

「拾う方に、十両だって賭けるわ」

「だよなあ、おれもだ」

文吉はため息とともに、板間にぱったりと仰向けに倒れた。

とはいえ、昼を過ぎるまでは、しごく平穏だった。

「暇ねえ」

「飯食ったら、眠くなってきたな」

正月の質受けが落ち着くと、客足も鈍る。思えば今頃は、一年でいちばん質屋が暇な時期かもしれない。

「お縫坊は、少し焦った方がいいんじゃねえか。この正月で、とうとう十九だろ？　それこそ来年には、薹《とう》が立つぞ」

「それが何よ。お正月を迎えたら、誰だって歳をとるでしょ」

「二十歳を過ぎたら、めでたく年増の仲間入りだろ。浮いた話のひとつもねえとは」

「大きなお世話。今日びは二十歳を過ぎてから、お嫁入りする人も少なくないわ」

「せめて、見合いのひとつでも……」

「見合話なら、人並みにいただいてます！」

え、と文吉が、ひどくびっくりした顔をする。

「……相手は？」

「知らない。きいてないもの」

「その話、受けるのか？」

「受けるつもりがないから、きかなかったのよ」

「どうして？」

だって、と下を向く。娘に甘い儀右衛門だが、こと縁談については、娘の意見をきこうとしない。縁談とはたしかに、親を含めた周囲の大人が決めるものだが、お縫が頑固を通しているのにも、ちゃんと理由がある。

「あたしがお嫁に行ったら、千鳥屋はどうなるのよ。姉さんも兄さんも他家に縁付いて、跡継ぎがいないのよ。おとっつぁんが隠居したら潰れちまうわ」

「そっちか……」

「だから婿《むこ》養子をとるべきだって、あたしは何べんも言ってるのに、おとっつぁんたら、どうしても首を縦にふらなくて」

実は婿養子にという見合話もあったのだが、こちらは儀右衛門がさっさと断ってしまった。一方で嫁入り話は、お縫が頑として承知しない。

届いた見合話は、親子のあいだで波に揉まれて、暗礁に乗り上げている有様なのだ。

「まあ、儀右衛門の旦那の気持ちも、わかるけどな。娘には、裏の稼業を継がせたくねえんだろ」

同じこの場所で質屋を続けていけば、故買《こばい》の仕事も自ずとついてくる。婿に迎える男は、裏の事情に通じておらねばならない。平たく言えば、悪党だ。娘を悪党にくれてやるのは、儀右衛門にとってはたまらないのだろう。

お縫とて、父の気持ちは察している。けれどお縫にも、譲れない思いがある。

「もしも千鳥屋がなくなったら、長屋の皆も住みづらくなって、きっと散り散りになっちまうわ。ここはあたしにとって、古里みたいなものだもの。なくなってしまうのは悲しいのよ。文さんだって、そう思うでしょ？」

「たしかにおれも、ここで育ったからな。ここが好きだよ」

頭の後ろで腕を組み、天井を見上げた。

「皆いい奴ばかりだし、何より引け目を感じずに済む。裏稼業ってのは、どうしてもそいつがついてまわるからな」

日差しが眩しいほど、影は濃く落ちる。それと同じで、脛《すね》に疵《きず》もつ身としては、あたりまえの幸せすら、身近にあれば痛い思いを味わう。この長屋は、店子《たなこ》の小悪党たちにとって、ゆるりと浸かって疵を癒せる湯治場のごとき場所なのだ。

「そうよね。だからあたしは千鳥屋を継いで、おとっつぁんみたいに長屋を守っていきたいと……」

熱弁をふるうつもりが、そこで途切れた。客がひとり、入ってきたからだ。

「いらっしゃいまし」

慌てて居住まいを正し、文吉も倣《なら》って正座する。客は女で、見たところ商家の女房だ。初顔だから、遠くから来た訳有《わけあ》りの手合いかもしれない。

「質入れですか？　品はどのような？」

「いえ、質入れではございません……さる品を、探していただきたくて」

「品を、探す？　以前、うちに預けたお品ですか？」

「違います……気づいたら、家の中から盗まれていて……こちらさまを頼るようにと、言われまして」

思わずどきりとした。窩主買をしていると、誰かにきいたということか？

文吉もまた、表情が険しくなる。相手に低くたずねた。

「言われた、とは誰に？」

「錠前屋の、加助さんです」

たちまち緊張が解け、何やらぐったりとする。加助がまた、要らぬ節介を焼いたに違いない。

ひとまず客を、店の座敷に上げた。

「探しているのは、根付《ねつけ》です。象牙《ぞうげ》で象《かたど》った白い狐《きつね》で、目に青い石が嵌《は》まっています」

「青い石とは、翡翠《ひすい》ですか？」

「わかりません……翡翠なのか、ギヤマンなのか。人さまから、譲り受けた品ですから」

どちらにせよ、象牙の根付なら、相応に値の張る代物だ。青菜や青葉のごとく、緑色も青と称する。ただ、相手にとって、根付そのものの価値は二の次のようだ。

「あの白狐《しろぎつね》は、私にとって護符なのです。命ほどにも、大事な品です。どうしても、探し出してほしいのです！」

女房が身を乗り出し、その折に気づいた。額や首筋にびっしりと汗をかいていて、顔色も悪い。

「加減が、お悪いのでは？　少し休まれた方が……」

「いいえ、お構いなく……こちらさまなら、きっと探し出してくださると……お願いです、どうか、どうか白狐を……」

懸命に訴えていた声が途切れ、その身がぐらりと傾いた。畳に横ざまに、倒れ伏す。

「お、おい、どうした、しっかりしろ！」

「大変、この人、ひどい熱だわ」

額に手を当てると、瀬戸の火鉢よりも熱かった。

ひとまず奥に床《とこ》を伸べて女房を寝かせ、文吉は、医者を呼びに行った。

お縫は、苦しそうな息を吐く女の額や首筋に浮かんだ汗を、そっと拭った。

「そういえば、この人の名すらきいてなかったわ」

他にできることもなく、病人を前にしていると、不安ばかりが募る。両親のいないことが心細かったが、幸いすぐに助っ人が現れた。

「お縫ちゃん、客が倒れたって？　文さんからきいたよ」

「加助がまた、面倒をもち込んだそうだな。まったくあいつの癖は、博奕《ばくち》より質《たち》が悪い」

おかると半造《はんぞう》が来てくれた。夫婦の営む髪結店《かみゆいだな》は、長屋の木戸を挟んで、千鳥屋のとなりにある。半造の風貌が狸《たぬき》に似ているために、狸髪結と呼ばれていた。

お縫は夫婦に向かって、経緯《いきさつ》を語った。

「この人にとっては、よほど大事なもんだろうけど、根付ひとつを探せってのは、さすがにねえ」

「砂の中から、一粒をより分けるようなものでしょ？　さすがにおとっつぁんでも、無理だと思うわ。青い目の白狐ってだけで、どんな姿かもわからないし」

「青い目の、白狐だと！」

半造が仰天し、狸に似た小さな丸い目が、大きく見開かれる。

「半おじさん、心当てがあるの？」

「いや、根付なんて話はきいたことがねえし……しかし青い目の白狐ってえと、それしか……」

ぶつぶつと呟いてから、ちょいと待ってろと言い置いて席を立った。家に戻っていたようで、一枚の紙を手にしていた。やや黄ばんだ紙に、墨で狐が描かれていた。

「おじさん、これは……？」

腰を落とした狐が、何かに気づいたように後ろをふり返る姿だ。ふさふさとした長い尾が、狐の頭上で半円を描き、まるで雲か煙を頂いた化け狐のようにも見える。

細い切れ長の目は、たしかに翡翠に似た色をしていた。

「こいつをそのかみさんに見せて、確かめてみてくれねえかい？」

半造に言われて、病人の寝床の前で狐の絵を広げた。熱に浮かされながらも、まるで窮地に救いの手が伸ばされたように涙ぐむ。

「ああ、これです……！　この絵とまったく同じ、白狐の根付です」

熱で乾いた唇から、精一杯の声がもれる。半造に伝えると、いっそう難しい顔になった。

「おじさん、教えてちょうだいな。この白狐に、いったいどんな謂《いわ》れがあるの？」

「白狐は、盗賊だ」

渋を含んだような狸面で、半造は応えた。


「白狐ってのは、ほんの一時、江戸を騒がせた賊の名でな」

病人を女房のおかるに任せ、半造は二階に場所を移し、お縫に語った。

「かれこれ十年……いや、十二、三年前になるか。盗みの後に、狐の絵が摺られた札を置いていくのが常套で、その名がついた」

半造のもうひとつの顔は、裏の情報屋である。髪結いにはあらゆる噂が集まり、これを篩《ふるい》にかけて、さらなる調べを施し、裏の世界に売っていた。

「その白狐って、どんな賊なの？」

「えらく身軽で、ひとり働きの賊だってことより他は、正体はしかとはわからねえ。一年もせぬうちに、ふっつりと噂が途絶えたからな」

火盗改《かとうあらため》に捕まったとか、他の賊に始末されたとか、盗みに入った武家で斬り殺されたとか、色々と尾ひれをつけて語られたが、消えた理由も定かではない。

「もしかすると、あの女こそが、白狐かもしれねえよ」

「まさか！」

「白狐は、実は若い女じゃねえかって噂もあってな」

見たところ、女の歳は三十前後。仮に三十として、十二、三年前なら、十七、八歳。自分と近い年頃の娘が、盗みを働くとは、お縫にはやはりぴんとこない。

「この絵は写しに過ぎねえが、白狐が置き土産とした札は、おれも見たことがある。雲みてえな尾に青い目で、本物と寸分違わねえ」

情報屋の腕は本物だ。その半造が言うなら、間違いはなかろう。

「お縫ちゃん自慢の勘働きで、何か感じなかったのか？」

「別に自慢にはしていないわよ、半おじさん」

断りを入れながらも、多少の自信はある。善人の皮を被った、悪党の中で育ったためだろうか。相手が悪党か否か、一目で判じる癖がついており、まず外れることがない。一種の勘のようなもので、匂いを感じることもあれば、耳の奥がずきずき痛むこともある。

しかし階下で寝ている女房には、そのような兆《きざ》しは何もなかった。

「あたしの見立てでは、そんな悪い人に思えなかったけれど……」

相手が病なぞで弱っていると、うまく判じられないこともあるとつけ足した。

「この絵の元が根付なら、あの女は少なくとも、白狐と何らかの関わりがある。そう考えるのが道理なんだが」

半造が苦々しく呟いたとき、階下が騒がしくなった。文吉が医者を連れて戻ったようだ。

長屋では馴染みの宋縁《そうえん》という町医者で、腕はたしかだ。

「どうやら疲れが溜まっていたようだ。ここ三日ほど、ろくに眠っていないそうだから、熱はそのためだろう。念のため、熱冷ましを調《ととの》えるから、後でとりにきなさい」煎《せん》じて飲ませるようにと言い置いて、宋縁は帰っていった。

　客を待たせていた半造も、その折に髪結店に戻り、お縫ひとりでは心細かろうと、おかるがともにひと晩、病人の枕辺につき添ってくれることになった。

　医者を見送って床をとった座敷に戻ると、病人は目を開いていた。

「すみません、ご迷惑をおかけして……」

「どうぞ、お気にせず。それより、お名をいただけますか？　お身内に、知らせを走らせます」

「申し遅れました。私は、逸《いつ》と申します」

　日本橋南大工町にある葛籠《つづら》問屋、『上野屋《うえのや》』の女房だと名乗った。

　ききたいことは山ほどあったが、いまは休ませた方が良さそうだ。

　足自慢の文吉が、自ら日本橋へ走り、一時もせぬうちに、ふたりを連れて戻ってきた。

「あら、加助さんも一緒だったの」

「おかみさんの具合は？」

　血相を変えて、いのいちばんにたずねた。

「宋縁先生に診てもらったから大丈夫よ。疲れで熱が出たのだろうって。熱冷ましも煎じて飲ませたし、薬が効けば朝には下がるかもしれないわ」

「そうですか、よかった……」

加助の背後にいた男が、あからさまに安堵する。

「妻がたいそうお世話になりました。上野屋滝右衛門《たきえもん》と申します」

お逸の夫は、深々と腰を折った。


「昨日、今日と錠前の修繕に伺った先が上野屋さんでね。それが今朝、行き掛けにたまたま、おかみさんと出くわして。永代橋《えいたいばし》の西詰にある、質屋の前だった」

滝右衛門は妻のようすを見に奥へ行き、お縫は文吉とともに、加助から事のしだいをきいた。

「失せ物を探しているときいて、何か力になれないかと思ってね」

「で、千鳥屋を勧めたってえわけか」と、文吉が渋面を作る。

「ああ、いや、教えはしたが、少し違う。あっしの長屋にも質屋があって、何かと親身になってくれる。失せ物探しも得手だから、狐の根付に覚えがないかきいてみると」

「思いっきり勧めてんじゃねえか」

「まさか、おかみさんが直《じか》にここに来るとは、思ってなかった。いや、面目ねえ」

「永代橋を渡れば深川だもの。きっとすぐに、辿り着けそうに思えたのね」

今朝、加助に会って、その足で橋を渡ったにしては、訪ねてきた頃合が遅過ぎる。土地勘がないだけに、散々迷ったに違いない。

「戻る道々旦那にきいたが、根付が失せたのは三日前。その前日までは、たしかに箪笥《たんす》の引出しにあったそうだ」

根付は鍵のかかる引出しに、大事に仕舞ってあった。しかし前日、お逸が鍵をかけ忘れ、翌日気づいたときには、引出しの中から白狐は消えていた。

その引出しは、お逸が小間物入れとして使っていて、他にも簪や櫛、手鏡や化粧道具なぞが仕舞われていた。中には高価な品もあるそうだが、盗まれたのは根付だけだという。

「どう見ても、玄人の仕業じゃねえな。他の品を残していくなんてまずしねえだろ。てことは、使用人か？　お店なら、相応の数はいるだろうし」

表店には、手代や小僧が合わせて五、六人。奥にも女中が三、四人いると、加助が説いた。

「やっぱり女中が怪しいんじゃねえか？　内儀《ないぎ》の座敷に出入りできるのは、女中くれえだろ？」

「それもちょっと腑に落ちないわ。魔が差したにせよ、女ならまず櫛簪に手が伸びるものじゃない？　いくら値打物でも、根付なんてまず盗らないわ。そもそも殿方が使う品だもの」

印籠《いんろう》や煙草《たばこ》入れ、あるいは矢立《やたて》などに結わえるもので、根付を帯上から出して引っかければ、印籠などを腰から提げられる。女が使うことは、滅多になかろう。

「言われてみりゃ、あのかみさんが、ああまで根付に執着《しゅうじゃく》するのも少々解《げ》せねえな」

「きっと身内の形見とか、その辺りじゃないのかい」

文吉の疑問に、加助がやんわりと応じる。

「身内と言えば、上野屋さんにお子さんは？」

「ふたりいるよ。十《とお》くらいの坊ちゃんと、五つくらいの嬢ちゃんがね」

「案外、その坊主が咎人《とがにん》じゃねえか？　他愛ない悪戯《いたずら》のつもりが思いのほか大事になって、白状できなくなったとか」

「なくもないわねえ」と、お縫はうなずいたが、

「たとえ子供でも、そう無暗《むやみ》に疑うものじゃねえ！　疑われた者がどんなに傷つくか、おれは身をもって知っている。だからおれは、二度と人さまを疑ったりしねえと……」

「わかった、わかった。おれたちが悪かったよ。頼むから、いい歳して泣かねえでくれ」

すでに涙目になっている加助に、文吉は早々と降参する。

幸い奥から、滝右衛門とおかるが出てきた。

「このたびは、とんだご厄介をおかけしました。後日改めて、お礼に伺いますが……」

「どうぞお気になさらないでくださいまし。もとはと言えば、うちの店子がよけいなことを吹き込んだために、お内儀は深川まで……ね、そうでしょ、加助さん」

「困ったときは、お互いさまでやすから。お宅さまのご用で向かう折に、お内儀に出会ったのも、何かのご縁でございましょうね」

「そういう話じゃなく、少しは慎んでちょうだいな」

無暗やたらな人助けに釘をさそうとしたが、加助には端《はな》から無駄のようだ。

「医者や薬の払いはもちろん、後日改めて、お礼に伺います」

商家の主人らしく、行き届いた気配りを見せたが、ひどく疲れたようすで表情も冴えない。

心に掛かり、お縫は滝右衛門にたずねてみた。

「お内儀が探しておられる根付ですが、旦那さまは何かご存じですか？」

「いいえ、根付については何も……妻にきかされるまで、そのようなものを簞笥に仕舞っていたことすら知りませんでした」

三日前、お逸が騒ぎ出して、失せ物が露見した。座敷に出入りできる女中はもちろん、表店の手代や小僧にも問い質《ただ》したが、見た者は誰もおらず、嘘をついているようにも見えない。子供たちにも確かめたが、きょとんとするばかりで、やましいことはなさそうだ。

「家の中にないと知ると、今度は質屋通いを始めて……日本橋の方々の質屋に、根付のことをたずね歩くようになりました」

外聞が悪いと止めたのだが、お逸はきき入れない。何かにとり憑《つ》かれたように根付を探し続け、使用人は狐憑きではないかと気味悪がり、上野屋は身代が傾いたのではないかと近所では噂された。

「もともと気が細やかで心配性で、くよくよと悩むことはよくありました。ただ、こうまで思い詰めたのは初めてで。食は進まず、夜も眠れぬようで、いつか倒れてしまうのではないかと案じていた矢先に、こんなことに……」

わかってはいても、どうすることもできなかった。口惜しそうに、唇を嚙み締める。

その顔をながめていたおかるが、そっと背をなでるような調子で言った。

「旦那さん、よろしければ今宵ひと晩、お内儀をこちらでお預かりしますよ」

え、と弾かれたように、滝右衛門が顔を上げた。

「まだ熱が下がらず辛そうですし、駕籠《かご》に乗せて帰るよりこのまま寝かせておいた方が、お内儀のためには良いかと。いいだろ、お縫ちゃん」

「ええ、おかるおばさん、あたしもそのつもりでいました」と、即座に応じた。

おかるの申し出はきっと、病人のためばかりではない。疲れきった主人を、妻の憂いからひと晩だけでも解放してやりたい。その存念もあったに違いない。

両親がおらぬから、座敷もあいている。女ばかりじゃ不用心だからと、加助と文吉もこの屋の二階に泊まることで話はまとまった。

「ご面倒をおかけしますが、では、お言葉に甘えて……明日の朝、改めて迎えに参ります」

妻のことをていねいに頼みおき、滝右衛門は帰っていった。


「じゃあな。何かあったら、得意の金切声を張り上げてくれよ」

憎まれ口を残して、文吉は加助とともに二階に退散した。

病人は眠っていたが、薬が効いたのか息が楽になっている。お逸の額に手を当てて、おかるが言った。

「うん、熱も少し下がってきたようだね。これならふたりそろって、枕辺に張りつかずともよさそうだ」

病人の横に床を伸べて、交替で看病にあたることにした。

「おばさん、先に休んでちょうだいな。眠くなったら、替わってもらうわ」

「お言葉に甘えて、そうさせてもらおうかね。歳のせいか、夜鍋ができなくってね」

おかるは素直に受けて、帯をわずかに弛《ゆる》めたままの格好で、布団に横になった。やはり疲れていたのか、ほどなく低い鼾《いびき》がきこえた。

病人は枕に横向きに頭を預け、眠っている。

灯りは消さず、一時ほどは草紙《そうし》などを読みふけっていたが、いつのまにか座ったままで船を漕いでいた。何かが落ちた音で、びくりと跳ね起きる。膝にあった草紙が畳に落ちていて、気づくとお逸が目を開けていた。

「お加減、いかがですか？」

「はい、だいぶ楽になりました」

額に手を当てると、まだ少し熱っぽいが、快方に向かっているようだ。ほっと息をつく。

「朝にはまた薬を煎じますから、ゆっくり眠ってくださいね。この二、三日、あまり眠っていないようだと、旦那さんが心配なさってました」

「ええ……あの白狐がないと、眠れなくて」

安眠のお守りだったのだろうか？　不思議に思って話を継いだ。

「護符と、仰っていましたね。もしやどこぞのお稲荷さまに、まつわる品ですか？」

「わかりません……申したとおり、ある方からいただいたものですから」

「ある方とは？」

短い問いに、長い間《ま》があいた。細いため息の後、まるで観念するように告げた。

「白狐です」

「え？」

「お若い方は、ご存じないでしょうね。ひと昔前に、江戸を騒がせた盗人です」

今日の昼間、半造からきいてはいたが、あえて知らないふりをした。

「その盗人と、お知り合いだったんですか？」

何だか妙な言い回しだ。ふっとお逸は、薄く笑った。

「いいえ、会ったのは一度きり、私が十七のときです。私はそのとき、死ぬつもりでおりました」

お縫は、はっと内儀を見詰めたが、お逸の目は、お縫の膝先を素通りして、灯りの届かない部屋の隅に向けられていた。

「悪い男に騙《だま》されて、父の銭箱から十両ばかりくすねました。父が鍵を開け、ほんの少し席を立った隙に……でも金を渡したとたん、相手の男はいなくなりました」

「ひどい！」

よくある話だが、この手の話は何度きいても腹が立つ。

「私が馬鹿だったんです。相手が消えてようやく目が覚めましたが、今度はいつ盗みが父に知れるかと怖くなって……眠れなくなりました」

お逸もまた日本橋の商家の娘で、父親は商人には珍しいほど厳格な人だった。自分にも他人にも厳しい人で、叱られるならまだしも、父から疎《うと》まれ見放されるのではないかと、それが恐ろしくてたまらなかったという。

何日も眠れぬ日々が続き、十七の娘の精根は容易く尽きた。

お逸はその晩、庭に下り、木の枝に縄を吊るした。踏み台に上り、輪にした縄を両手で握ったそのとき、からだが強く後ろに引かれた。傾いて踏み台から落ちた背中を、後ろから抱きとめられる。

「じゃあ、それが、白狐だったんですか？」

「白狐と知ったのは、翌朝ですが」

気が動顚《どうてん》してところどころ曖昧だが、自害しようとしたお逸を助けたのは、間違いなく白狐だという。興味が勝って、つい勢い込んでたずねた。

「白狐って、どんな人でした？　男ですか、女ですか？」

「小柄で細身でしたが、暗い上に覆面をしていて、顔はわかりませんでした。声も発しなかったので、男か女かも……ただ、それでも」

と、お逸は言葉を切った。目尻の辺りが、わずかにほころぶ。

「死んではいけないと、身ぶりで懸命に伝えてくれた……私には、そう思えました」

お逸を後ろから抱えたまま、しいっと息を吐いて無言を促す。お逸がうなずくとからだを離し、それからするすると身軽に木に登った。縄を枝から刃物で切り落とし、下りてくる。拾い上げた縄をお逸に突きつけて、何度も首を横にふった。

「何故だか涙が止まらなくなって、声を殺して泣きました」

お逸は涙が涸れるまで泣きたかったが、盗人がいつまでも長居するわけにはいかない。おそらく往生したのだろう。とんとんと肩を叩かれ、顔を上げると、白狐は何かをお逸の手に握らせた。

「それが、白狐の根付ですか？」

「はい……でも、そればかりではないんです」

白狐は、そのまま闇に溶け込むように庭から消えて、しばらくぼんやりしたものの、お逸もまた、縄と踏み台を茂みに隠して寝間に戻った。

渡された根付は、握ったままだった。布団に横たわり、両手で根付を包むと、不思議なほど気持ちが安らいだ。そして引き込まれるように、眠りについていた。

久方ぶりにぐっすりと眠り、そして翌朝、何やら慌しい気配で目が覚めた。寝間に入ってきた女中が、夜中のうちに盗人が入ったと、青ざめながら訴えた。

「白狐が盗み出したのは、父の銭箱でした」

「箱ごとですか？」

「ええ、小脇に抱えられるほどの、小ぶりな箱でしたから」

とはいえ、銭が入っているなら相応の重さになろうが、白狐は家人の誰にも気づかれぬまま、見事に盗み出した。

そして後には、青い目に雲のような尻尾を頂いた白狐の札が一枚、残されていた。

「白狐は、私の憂いも、そっくり盗んでくれました」

お逸の頬が歪《ゆが》み、泣き笑いの顔になる。ほうっとお縫が息を吐く。

「護符と仰ったのは、そういう謂れでしたか」

それからほどなく、ふっつりと白狐の噂は絶えた。絵と同じ姿の根付だけが、お逸のもとに残された。以来、その白狐は安眠のお守りとなり、嫁いだのを機に、布団の中にもち込むことはしなくなったが、いまでも気が昂《たかぶ》って寝付けない夜などには、そっと起き出して簞笥から根付をとり出して胸に抱く。

「親にはもちろん、夫にさえ打ち明けておりません。なのに、どうしてでしょうね……お嬢さんには、つい明かしてしまいました」

「それはきっと……」

この長屋が、白狐と似たりよったりの者たちの、住処《すみか》であるためかもしれない――。

胸に浮かんだ推量は口にせず、お縫はきっぱりと言った。

「きっと、赤の他人だからです。そういうことって、あるでしょう?」

「そうですね……そうかもしれません」

お逸は素直にうなずいて、微笑んだ。

打ち明けたことで、胸のつかえが少しはとれたのか、やがて静かな寝息がきこえた。

「おかみさんの熱が下がって、本当によかった。仕事のついでに、上野屋の旦那さんにお知らせするよ」

「あら、加助さんは、今日も日本橋なの？」

「昨日、文さんの知らせで驚いてな、錠前仕事を放り出して帰ってきちまった。最後の仕上げをしてくるよ」

翌朝、お逸のようすを確かめて、加助は日の出を待たず出掛けていった。入れ違いに、文吉が二階から下りてくる。

「おっさんの鼾がうるさくて、ちっとも眠れやしなかった。おれは長屋で、もうひと眠りしてくらあ」

大あくびをしながら、自分の長屋に帰っていった。

夜半にはお逸の具合が落ち着いたことで、看病の必要もなくなって、お縫とおかるは存外元気だ。ふたりで台所に立ち、朝餉や粥《かゆ》の仕度にかかった。

「それにしても……根付はどこに失せたのかしら？」

七輪の前に腰を据え、干物を炙りながらお縫が呟いた。

同じ台所の土間で、おかるは竈《かまど》の前に立ち、粥を拵《こしら》えている。

「さあねえ……ただ、昨夜のお内儀の話をきいてて思ったがね」

「あの話、おばさんもきいてたの？　狸寝入りしてたのね」

「そりゃ、狸髪結の女房だからね」

にやりとしたが、お逸の話をききながら、ふと思いついたとおかるは言う。

「よく考えると、根付に執着しそうなお人が、お逸さんの他にもうひとりいるんだよ」

「誰？」

「無暗に疑うと、また加助さんに叱られちまうからね。よしておくよ」

と、おかるは煙《けむ》に巻く。あの場にはおかるはいなかったはずだが、情報屋の女房らしく、さりげなく耳聡い。

朝餉の仕度が整うと、おかるは土鍋と椀を盆に載せた。

「おかみさん、食べてくれるといいがね。こっちはやっておくから、うちの宿六を呼んできてもらえるかい？」

朝餉には、半造も加わる。はい、と応じたが、狸髪結に走るより前に、加助が戻ってきた。

驚いたのは、戻りの早さばかりではない。腰から下が、泥だらけであったからだ。

「どうしたのよ、加助さん。この寒空に、田植えでもしてきたの？」

唖然とするお縫を前に、実に嬉しそうに加助は叫んだ。

「あったんだよ、お縫ちゃん！　白狐の根付が、めっかったんだ！」

「本当なの、加助さん？　いったい、どこに？」

お縫の声に応じるように、男がひとり入ってきた。

「上野屋の、旦那さま……？」

「すみません……根付は私がもち出して、堀端に捨てました」

実に気まずそうに白状し、お縫の前で右手を開いた。手の上にあるのは、たしかに青い目をした白狐の根付だった。

「私がつまらない悋気《りんき》を起こしたために、こんなことに……お逸にも皆さんにも、どうお詫びしてよいやら」

おかるが脇を小突き、ほらね、という顔をする。そういうことか、とお縫にもようやく合点がいった。

妻がしばしば寝床を抜けることに、夫が気づかぬはずもない。そのたびに、同じ箪笥の同じ引出しを開けることも。いつもぴったりと閉じられたその引出しこそが、滝右衛門にはお逸の本心さながらに思えたに違いない。

そしてある日、鍵が開いていて、中には男が身につける根付が仕舞われていた——。

「他所《よそ》の男のものではないかと勘繰《かんぐ》って、裏手の堀に投げ捨てました。我ながら、あのときはどうかしていた。お恥ずかしいかぎりです……」

滝右衛門は面目なさげに語り、一切が呑み込めた。

「錠前仕事を終えたら、家のまわりをもう一度探してみると加助さんが……それ以上、黙っていることができませんでした」

「根付を放ったとき、堀に落ちた水音がしなかったときいてな、もしやと思って旦那と一緒に堀端を探したんだ。そうしたら、枯れた葦《あし》の根元に落ちていてね。見つかって、本当によかったよ」

満面の笑みを向ける。お逸は悪党の塒《ねぐら》たるこの家で、昔の罪を吐露したが、滝右衛門は逆に、この真っ正直な男の前で嘘がつけなくなった。

「うちはまったく、おかしな長屋だわ」

「なにせ、善人長屋だからね」

お縫の自嘲めいたぼやきを、おかるはからりと受けた。

三枚の絵文

仙台堀から吹きつける夕風が、いつもより冷たい。海辺橋《うみべばし》に至る前に、ちらほらと白いものが落ちてきて、亀久橋《かめひさばし》が見えた頃には小雪になった。

道の先からふたりの娘が歩いてくる。寒そうに背中を丸めていたのに、橋の方をふり返ると、とたんに気配が華やいだ。すれ違いざま、弾んだ声もきこえる。

「ね、素敵な方ね」

「あら、知らないの？　あの方は……」

娘ふたりの視線の先、亀久橋のたもとに、ひとりの男が佇《たたず》んでいた。

袴《はかま》をつけない着流し姿はしなやかで、横顔はすっきりと端整だ。小雪が舞う中、その立ち姿はことさら目を引き、まるで一幅の絵のようだ。

娘たちが見惚れるのも無理はないが、またか、とお縫は鼻白んだ。

「新九郎《しんくろう》さま」

素通りするわけにもいかず、お縫は声をかけた。しかし相手は気づかぬようすで、手にした紙に目を落としている。この侍なら十中八九、恋文と思えるが、それにしては剣呑《けんのん》な表情だ。紙を凝視して、じっと考え込んでいる。

「お帰りなさいませ、新九郎さま」

近づいて、さっきより声を張ると、梶《かじ》新九郎は顔を上げた。

「おお、お縫か。これからどこぞへ出掛けるのか？」

「いえ、使いを終えて、帰るところですけど……」

眉をひそめて、ちらりと睨む。殿方には似合わぬ匂いが、ほのかに香ったからだ。

「新九郎さまは、どちらからお戻りに？　安白粉《おしろい》の香りからすると、まさか昼間から色街ですか？」

同じ長屋に住まう気安さで、つい説教めいた口調になったが、

「ほう、お縫は鼻が利くな。たいしたものだ」

まったく悪怯《わるび》れることなく、にこりと笑う。この笑顔にかかると、どんな女性もころりと参る。気性も優しく、女子のあつかいにも長《た》けている。おかげで冬でも枯れない花のように、新九郎の周りは華やかだ。

「このところ、昼間はちっとも長屋に居つかなくて……もしや色街に、どなたかいい人でもできましたか？」

「なんだ、妬いてくれるのか？」

「と、気を揉んでいたのは、加助さんです」

これには新九郎も、はは、と声にして笑う。加助の節介は、外でも存分に発揮されるが、長屋の内でも例外ではない。この美男の侍が、かつてのように女難に遭いはしまいかと、無駄に案じているのだ。たしかに、悶着がまったくないとは言い切れないが、ある意味、人徳と言えるほど、不思議と女からは恨まれない。

「深川八幡に、お参りに行ってきただけだ……まあ、お百度といったところか」

「その洒落《しゃれ》は、加助さんには通じませんよ。それほどの願《がん》があるなら、一緒にお百度につき合うと言い出しかねません」

「お縫の予言《かねごと》は、よく当たるからな。肝に銘じておくよ」と、冗談めかす。

深川八幡として親しまれる富岡八幡宮の周辺には、いくつもの岡場所がある。ことに門前仲町《もんぜんなかちょう》には、江戸府内でも屈指とされる色街があった。人気を支えるのは辰巳《たつみ》芸者で、芸妓《げいぎ》の地位は娼妓《しょうぎ》よりも高い。吉原では、この地位が逆であった。

ただ、新九郎が頻々《ひんぴん》と通っているのは、娼妓を置く妓楼《ぎろう》のようだ。

「でも、おめずらしいですね。新九郎さまが、玄人筋を相手になさるなんて」

なにせ女子に不自由はないだけに、わざわざ金を払って岡場所に行く必要もないはずだ。

「藪入りが過ぎた頃か、松ヶ瀬《まつせ》から文が届いてな。『江ノ月《えづき》』という見世《みせ》におる女子だが、字を教えてもらえまいかと請われての」

「その松ヶ瀬というお人は、かねてから新九郎さまのお見知りだったんですか？」

「いいや、おれが代書屋をしておるときいて、文を寄越したそうだ」

一月十六日の藪入りは、奉公人の休日だが、その二、三日前、頼まれた仕事を届けるために、新九郎は岡場所の内にある料理茶屋を訪ねた。その姿を松ヶ瀬が見初《みそ》めて、どこのどなたか確かめたに違いない。習字はあくまで建前に過ぎず、狙いは当人であろう。事実、習字の礼は、金品ではなかった。それから十日ほどのあいだ、ほぼ一日おきに通っているという。

「新九郎さまにしては、めずらしく通い詰めていなさるのね。松ヶ瀬さんは、そんなにいい女なんですか？」

ずけずけとした物言いを咎《とが》めもせずに、新九郎は目を細める。

「たしかに松ヶ瀬は、気風《きっぷ》も気前もようての。辰巳芸者さながらだ。だが、売れっ子だけに昼見世でもなかなかに忙しい。最近はもっぱら、子供らに手習いを教えておるだけよ」

岡場所は、夜に限らず昼も客をとるが、やはり書入れ時は日が落ちてからだ。松ヶ瀬が習字に割く時間はもっぱら昼間であったが、待ち惚けを食わされることも少なくない。

見世には十歳に満たない娘たちもいて、吉原では禿《かむろ》と称する見習いだ。江ノ月には三人いて、新九郎はこの子らにも、読み書きを教えているという。

「いずれも貧しい家に生まれて、手習いとは無縁でな。仮名すら書けぬ者もおる」

「そんな小さいうちから色街に……」

可哀想にという言葉は呑み込んだ。境遇ばかりは、動かしようがない。当人の努力ではどうにもできないことが、この世にはたくさんある。ましてや子供では、もがくことすらできない。子供が溺れるときは、声をあげることもなく静かに沈んでいくと、そんな怖い話をきいた。苦《く》界《がい》に沈むのは、水に沈むのと変わらない。

我が事のように身につまされるのは、似たような境遇をもつ者たちが、身近にいるからだ。加助を除けば、千七長屋の住人は、もれなく悪事に手を染めている。いわば、まっとうに育ちようがなかったとも言える。現に子供時代の話を、懐かしそうに語る者などまずいない。それが急に切なく思えて、胸が詰まった。

黙り込んだお縫を気遣ってか、新九郎は朗《ほが》らかに語る。

「それでも皆、思いのほか明るうてな。小さなことで、よく笑う。教えるこちらの方が、励まされる心地がする」

新九郎の思いやりを察して、お縫も調子を変えた。

「では、先ほど嬉しそうに眺めていた恋文の主は、松ヶ瀬さんですか？　それとも、小さな筆子からですか？」

「恋文？　ああ、これのことか」

懐手《ふところで》をしていた新九郎が、右手を出して紙を見せる。流麗な手蹟《しゅせき》も、色っぽい文句も、そこには書かれていない。半紙の半分くらいの紙に、右に三つ、左に二つ、五つの絵が並んでいた。

「奇抜ですね……恋文にしては」

「どうやら謎掛けのようだが、先刻、ふと気づいての。恋文ではないやもしれぬ」

「恋文でないなら、いったいどういう？」

「助けを求めておるのではないかと、そう思えてな」

すっきりとした額には、深刻そうな憂いが刻まれていた。


「お帰りなさい、新の旦那、お縫ちゃん」

山本町の千七長屋に戻ると、まるで待ちかねていたように加助が現れた。

「今日も代書を頼みてえってお客さんが、何人も見えやしたよ。旦那がちっとも戻ってこねえから、あきらめて帰っちまいやしたが」

「すまんな、加助。留守番のような真似をさせて」

人の好い錠前師に向かって、新九郎は片手で拝み手をする。

「いえ、あっしのことは、どうぞお構いなく。ただ、新の旦那のことが心配で。このところ、代書仕事をなさってねえから、そろそろ手元不如意になりはしまいかと」

梶新九郎は浪人だが、いまは表裏ともに代書屋をしている。

表向きは、文の代書が生業で、用件を伝えれば、うまく文面をまとめて、読みやすい字で文に仕立てる。字の書けぬ者や、目を患った者、長い文を苦手とする者に重宝されていた。しかし裏では、偽の文や証文、手形なぞを請け負っている。表稼業を多少怠けても、裏で稼げば障りはないのだが、加助だけはそれを知らない。

「正月気分が抜けねえのはわかりやすが、さすがにそろそろ本腰を入れねえと。せっかくのご贔屓《ひいき》さんを、逃しちまうのも忍びなくて……」

「加助さん、お説教なら後にして。いまは、それどころじゃないのよ。なにせ人助けが、かかっているんだから」

　気が急いて、つい邪険な物言いになったが、この台詞《せりふ》ほど、加助に効く妙薬はない。効果は覿面《てきめん》で、たちまち目の色が変わった。

「人助けって……誰か困っている人がいるのかい？」

「おそらくね、それをこれから確かめるのよ」

　曖昧な言いようには首を傾げたが、お縫と一緒に、新九郎の長屋に上がり込む。お縫はさっきの紙片を、加助の前に広げた。

「これは……判じ絵かい？」

　判じ絵は、洒落の利いた遊びであり、たとえば、いろは四十八文字なら、「い」は井戸、「ろ」は船の櫓、「は」は歯、といった具合に、絵で文字を表す。

　他にも、十二ヶ月や十二支、あるいは江戸名所に東海道五十三次、国尽くし、魚尽くし、青物尽くしとさまざまあり、また版元も多岐にわたるため、それぞれ趣向を凝らしている。「に」ひとつ取っても、荷物を描いて「荷」を表したり、二冊の本で「二」であったり。また、同じ「荷」でも描きようが違うだけに、毎度、頭を悩ませる羽目になる。楽に判じられるのも芸がなく、頓智《とんち》や駄洒落を利かせた絵言葉が好まれた。

「ほら、加助さん、ここを見て」

紙の左側にはふたつの絵があり、上の絵をお縫が示す。

「竹の真ん中が消えていて、かわりに蜘蛛の巣が描かれているでしょ？　で、その下に手。何と読むか、わかる？」

「いやあ、おれは洒落や頓智が利かねえから、このたぐいはまったく勘が働かなくて」

真面目一辺倒の加助なら、さもありなんだ。仕方なく、手掛かりを与える。

「竹が上下に分かれて、あいだに巣。『たけ』のあいだに『す』を挟むと？」

「たけ……す……。た、す、け……あっ、『助け』か」

「そう。で、最後に『て』をつけると？」

「『助けて』……助けてだ！　これは、助けを求める文なのか」

読み解いたのは、新九郎だ。亀久橋のたもとに立ち、真顔で考え込んでいたのは、あの場所でそれに気づいたためだった。

「こいつは、ぐずぐずしちゃいられねえ。早《はえ》えとこ、助けてやらねえと」

「少し落ち着いてちょうだいな、加助さん。右の三つの絵解きをしないと、どこの誰がこの文を寄越したのかすら、わからないのよ」

なるほど、とようやく加助が合点する。

『助けて』の右横には、別の絵が三つ。狐、鯛、そして矢が描かれている。

「そのまま読むと、きつねたいや？　何のことか、わからねえな」

「狐は『こ』と読むんじゃない？　……こたいや？　やっぱり、ぴんとこないわね」

紙片を前に、ふたりそろって頭を捻ったが、正解と思しき答えには辿り着かない。

「それにしても、早描きにしちゃ達者な絵だね。ほら、狐の大きな尻尾はふさふさしていて、鯛のお頭も、鯛だとすぐに察しがつく」

たしかにと、お縫もうなずいた。急いでいたのか、どれも単調な線で簡素に描かれているが、故《ゆえ》に描き手の妙味が窺える。

「狐と鯛と矢は、たしか最初の文にも描かれていた……ああ、やっぱり、同じ絵だ」

文箱の中から当該の文を探し当て、新九郎がふたりの脇に胡坐《あぐら》をかいた。

「実は、かような文は三度目でな。最初は四、五日前だったか。長屋に帰って初めて、袖に文が入っておることに気がついた」

新九郎の袖は、付文《つけぶみ》が絶えることがない。この奇抜な文も、往来ですれ違った女人によるものと思っていた。しかし絵文が入っていたのは、いずれも江ノ月に赴いた日にあたる。一昨日、二通目の文を受けとった折はまだ半信半疑だったが、今日に至って確信に変わったと、長屋に戻る途次で、新九郎はお縫に語った。

「おそらく絵文は、江ノ月における誰かが、袖に入れたのであろうな」

「もしや、松ヶ瀬さんの悪戯ではないですか？」

「松ヶ瀬は物言いがきっぱりして、どちらかと言えば気が短い。こんなまわりくどいことはせぬだろうな。当人に、確かめるわけにもいかぬしな」

妓楼では、客の横取りは何よりもご法度《はっと》とされる、と新九郎は理由を語った。

「もしも江ノ月の内で、他の女子が付文を寄越したとなれば、松ヶ瀬の怒りを買うのは目に見えておる。咎人探しなぞ始められては、敵わぬからな」

なるほど、としごく納得がいく。他に心当たりはないかと、お縫はたずねた。

「江ノ月の内で、かように豪胆な真似ができるのは、紅菊《べにぎく》くらいであろうな」

松ヶ瀬とともに、江ノ月の二枚看板とも言える娼妓で、所作はおっとりしているが、気の強さは松ヶ瀬といい勝負だという。ちなみに、妓楼の内情をあれこれと新九郎に語ったのは、三人の小さな筆子たちである。

「筆子の悪戯ということは？」

「この達者な描きようは、子供とは思えんな。おそらく帰り際、廊下ですれ違った誰かが、袖に落としたと思えるが」

妓楼の廊下は昼でも暗く、顔の見分けすらつかない。おまけに新九郎が帰る夕刻前は、座敷のしつらえなぞで存外慌しく、廊下で行き合う者も相応に多いという。

「大っぴらに付文の主を探すわけにもいかぬし、放っておくつもりでいたのだが……助けを乞うているのなら話は別だ」

長屋に着くまでに説いた経緯を、新九郎は律儀にもう一度語ったが、加助の意気込みたるやお縫の比ではない。

「それは何としても、助けてやらねえと！　三度も文を寄越すなんて、きっとよほどの災難に見舞われているに違いねえ。あっしもおよばずながら、お手伝いいたしやす」

頼まれもしないのに、自ら人助けの種を見つけてくるほどだ。向こうから助けを求めているとあれば、いやが上にも鼻息は荒くなる。

「でも、よほどの災難なら、口で告げた方が早いでしょ？　どうして絵文なんて、まわりくどいことをするのかしら？」

「江ノ月の内で語るには、憚《はばか》りがあるのかもしれんな」と、新九郎が応じる。

「だったら、憚っているのは、松ヶ瀬さんに対してじゃないかしら？　新九郎さまに岡惚れして、でも松ヶ瀬さんに知れたら一大事でしょ？」

「助けて」とは釣り文句で、やはり新九郎の気を引きたいがためではないか？　お縫の中では、その疑念が拭えない。

「もしかしたら、見世の主人や朋輩《ほうばい》なぞに、無体を受けているのかもしれねえよ。巷《ちまた》じゃよく耳にするからね。そいつもやっぱり、まわりを憚らざるを得ないだろ？」

お人好しの加助にしては、うがった見当だ。人助けの玄人だけあって、悶着の内情には意外にも通じている。

「絵文にしたのは、単に字が書けないため、とも考えられるぞ」

新九郎の申しように、お縫が目を見張る。

「でも、仮名くらいは誰だって……」

「いや、字が書けても、文を書けぬ者は多くてな。代書をしておると、そのような客が頼みに来る。まあ、そのおかげで、おれの仕事も成り立つのだが」

仮名は書けても、文に仕立てることができなかったり、あるいはあまりの悪筆から、決して文字を書こうとしない者もおり、書くことを苦手とする者は思う以上に多いという。

「そういえば、江ノ月の女子たちも、文を満足に書けぬ者が存外多いときいた」

松ヶ瀬もまたそのひとりで、新九郎に気があったのは確かだが、字を習いたいとの願いは本物だった。

「しかし新の旦那、客への文はどうしてるんで？　色街なら、贔屓《ひいき》客への文は欠かせねえはずでさ」

「あら、加助さん、ずいぶんと色街に詳しいのね。加助さんだけは悪所通いはしないと信じてたのに、がっかりだわ」

じろりと横目で睨むと、加助は慌てて弁解する。

「足を向けたのは、若い頃の話だよ。錠前師の親方や、兄貴分に連れられて何度か。所帯をもってからは、いっぺんも……」

「いやあね、加助さん、冗談よ！」

ぽん、と背中を叩くと、胸をなでながら息をつく。

「でも、そうね、吉原の花魁《おいらん》なぞは、文はもちろん俳句や和歌、ときには漢詩にまで通じているともきいたわ」

「それはおそらく、昔の話であろう。昔は武家が太客であったからな、相手をする方も相応の学を要したろうが」

客の顔ぶれが商人や職人に替わると、漢詩なぞの教養も自ずと不要になる。それでも吉原の花魁であれば、やはりひととおりの学と芸事は身につけている。

しかし岡場所となれば、事情はまったく違ってくる。

芸や教養を仕込むには、時も金もかかるが、岡場所の妓楼にはそんな余裕はない。舞や音曲は芸者に任せ、遊女にはただ床《とこ》の上手と客の機嫌取りだけが求められる。

「江ノ月では、文の不得手な女子は、主人の妻や遣手《やりて》に代書を頼むそうだ」

たいそう助かる反面、文書きも上達しようがない。松ヶ瀬はそれを、己の弱みだと新九郎に打ち明けた。

「正月を迎えて、松ヶ瀬は二十五になった。色街では、薹《とう》が立ったと言われる歳だからな。あとどのくらい、この生業が続けられるか、先行きを案じたようだ」

遊女の先行きは、決して明るいものではない。より格の低い見世や立場へと、落ちてゆくのが相場だ。まるで底なしの沼に、脛から腰、そして胸へと、ゆっくりと沈んでいくようだ。お縫にも、松ヶ瀬の焦りや不安は察せられる。

「立派ですね、松ヶ瀬さんは。己の引け目に、あえて向かっていくなんて、誰にでもできることじゃありません」

「ああ、そうだな。それ故に、足が向くのやもしれん。加助には、気を揉ませてすまなんだがな」

新九郎は冗談めかして話を終えると、三枚の絵文を畳に並べた。

一枚目　狐、鯛、矢、女の子の立ち姿、皿。

二枚目　蒸籠《せいろ》に入った子供、塀に耳を当てる男、女の子の立ち姿、蜘蛛の巣、戸板、栗。

三枚目　狐、鯛、矢、蜘蛛の巣が挟まった竹、手。

「あら、本当ね。狐と鯛と矢は、一枚目と三枚目に描かれてる」

「一枚目と二枚目にも、同じ絵がありやすね……女の子の立ち姿のようでやすが」

付文された順に並べられた三枚の絵文を、三人が額をつき合わせるようにして覗き込む。

「やはり、狐と鯛と矢を、読み解かねばな。一枚目と三枚目の双方に描かれておるし、ここがわかれば、三枚目の意が通ずるからな」

前半の三つの絵をながめて、三人そろって、うーんと唸る。

「狐と鯛と矢か……きつねたいやでも、こたいやでもねえし」

「ねえ、最後が矢ってことは、店の屋号ではないかしら？　伊勢屋とか常陸屋《ひたちや》とか」

「なるほど、お縫のおかげでひらめいたぞ。おそらく、おたや、いや、『おだや』だ」

「おだや……ああ、そういうことね！」

新九郎の解きようを、お縫もすぐに察した。首を傾げる加助に、改めて絵解きをする。

「この狐、尻尾がやけに大きいでしょ？　だから狐じゃなく、『お』と読むの。その下の鯛は頭だけ。だから、鯛の『た』。それに『や』をつけて、『おたや』となるのよ」

「ああ、そういうことかい！　いやあ、さすがは新の旦那でやすね。よくお気づきに」

「実は、心当たりがあってな。松ヶ瀬の上客に、尾田屋《おだや》という桐油問屋の主人がおる。あまり贅沢な遊びはせぬが、何年も律儀に通ってくれる贔屓だそうだ」

仮にその尾田屋だとすると、三枚目の絵文の意味は、『尾田屋、助けて』となる。

「尾田屋のご主人が、何か危うい目に遭う……ってことでやすかね？」

「でも、これだけじゃ、どんな災難かすらわからないわ。やっぱり前の二枚も、解いてしまいましょうよ」

ひとまず一枚目から、始めることにする。尾と鯛の頭と矢は同じだから、一枚目の半分も解けたことになる。後半にある、女の子の立ち姿と皿を、じっくりとながめた。

「銀杏髷《いちょうまげ》だから、十歳くらいの女の子で間違いないはずよ」

「この立ち姿も、腰の辺りで上下に切れていやすから、上下を読んで、おこ？　いや女子《おなご》とすると、おご？」

「ぴんとこないわね。江ノ月の内なら、新九郎さまが教えている筆子の誰かということは？」

「三人の名は、どれも二文字だ。上下に分けて、中抜きをする要はなかろう」

要領を得ない顔で、新九郎は顎に手をやる。ふと、加助が声をあげた。

「もしかして、禿ってことじゃありやせんか？　色街で子供といや、禿しかおりやせん」

「でも、加助さん、禿の上下をとると、かろ、でしょ？　何のことか、わからないわ」

「いや、加助の言うとおりだ！　この絵は、禿だ！」

新九郎が膝をたたき、絵解きを披露する。

「禿のことを、小女郎《こめろ》とも言うてな。江ノ月ではもっぱら、見習いは小女郎と呼ばれておる」

「つまり、この女の子の絵は、『こめろ』の上下をとって『ころ』、その下に皿があるから……」

絵解きに夢中になり、熱を帯びていた頭に、冷水を浴びたような心地がする。黙り込んだお縫に代わり、加助がかすれた声で後を継いだ。

「『ころ』に『さら』で、『ころされる』……尾田屋のご主人が、殺されるってことかい？　いったい、誰に？」

「二枚目を解けば、わかるかもしれないわ。ね、新九郎さま？」

お縫は水を向けたが、新九郎は深刻そうな顔で何事か考え込んでいる。

「どうしました？　何か、気になることでも？」

「昼間、松ヶ瀬に文が届いてな、尾田屋の主人からだ。今夜、江ノ月を訪れるという文であった……もし、見世の中で殺すつもりなら、松ヶ瀬も危ない……」

すでに外は、とっぷりと暮れていて、少し前に灯りをつけた。尾田屋の主人がいつ訪れるのか、刻限まではわからないが、もう猶予はない。

「おれは、江ノ月に行ってくる。案じ事を伝えねば」

「だったら、あっしもお供させてくだせえ。もしも刃物を振りまわすような野郎なら、旦那おひとりじゃ物騒でやすから」

「なに言ってんのよ！　喧嘩にでもなったら、ふたりでも危ないわ。待ってて、助っ人を連れてくるから」

侍とはいえ、新九郎の剣は当てにならず、喧嘩となれば、加助はさらに頼りない。

お縫が走ったのは、新九郎の長屋のとなりである。

「唐さん、文さん、お願い！　これから門前仲町の色街に行ってちょうだい！」

お縫と色街が、どうにも結びつかないのだろう。季物売りの兄弟は、何とも間抜けな顔をした。


「それで男四人で、出掛けていったというわけか」

話をきいた儀右衛門は、なるほどとうなずいたが、お俊はまず案じ顔を向けた。

「唐さんや文さんだって、喧嘩自慢ってわけでもなし。怪我でもしなけりゃいいがねえ」

「新九郎さまがいなされば、おそらく立ち回りなぞにはならないよ。あの方は剣じゃあなく、ここで勝負するお方だからな」と、儀右衛門は、己の胸に手を当てる。

「何にせよ、お縫が一緒に行くと言い出さなくて一安心だよ。少しは分別も身についたかね」

「あら、行くつもりだったのよ。でも文さんが、どうせ相手の人質になるのが落ちだからやめておけって」

「あたりまえだ！　若い娘が、足を踏み入れるような場所じゃないんだぞ」

父親らしく、儀右衛門は説教口調になり娘をさとす。

「それに、あたしはこっちを任されたしね。おとっつぁんとおっかさんにも、知恵を貸してほしいの」

三枚の絵文を、両親の前に並べた。一枚目と三枚目は解けたが、まだ二枚目が残っている。

一枚目は「尾田屋、殺される」、三枚目は「尾田屋、助けて」と、似たような訴えだった。二枚目を解けば、事の仔細が詳《つまび》らかになるかもしれないと、お縫は両親に伝えた。

二枚目には、蒸籠に入った子供、塀に耳を当てる男、上下に分かれた小女郎、蜘蛛の巣、戸板、栗と、二行に分けて六つの絵が示されている。

このうち、後半はすでに見当がついている。一枚目と三枚目に同じ絵が、ひとつずつあるからだ。

「小女郎の上下と蜘蛛の巣で、『殺す』。ここまではわかっているの。その下に戸板と栗、栗は上半分だけだから、『とく』となるけど、いまひとつ意味が通らないの」

徳、得、解く、あるいは研ぐ、など嵌まる字は色々あるのだが、どれもしっくりこない。

「もしかしたら……『毒』、じゃないのかい？」

告げたお俊の声が、ひどく密やかで、ぞくりと背筋に冷たいものが走った。

「まさか、毒で殺す……ってこと？」

まさかと言いながら、そうに違いないとの確信に近い思いがわいた。

「お縫、この最初の絵なんだがな、子供が蒸籠に入っているだろ？　これは子を蒸すで、『息子』じゃないか？」

「『息子』……？　ああ、そうだわ！　さすがね、おとっつぁん！」

娘に手放しで褒められて、儀右衛門はまんざらでもなさそうだ。

「でも、息子って、誰の息子だい？」と、お俊が亭主にたずねる。

「絵文に出てくるのが尾田屋の旦那なら、その息子ってことになるな」

「息子が父親を、毒で殺そうとしてるのかい？　嫌な話だねえ」

「ただ、解せないこともあるな。息子なら、同じ屋根の下にいるはずだろ？　どうしてわざわざ、妓楼の内で毒を盛るんだ？　かえって足がつきやすいようにも思うがな」

「そもそも毒を使うなんて、まわりくどい気もするね。一緒に出掛けた帰りに川に突き落とす方が、よほどてっとり早くないかい？」

「おいおい、おまえもなかなかに物騒な女だな」

両親の会話をききながら、お縫は残ったひとつの絵の意味を、懸命に考えていた。

「塀……耳……いえ、もしかして、きく、かしら？　塀に、きく……？」

ああっ！　と両親がのけぞるほどの大声で叫んでいた。

「これはきっと、『紅菊』よ！　『へいにきく』で『紅菊』と読めるもの」

江ノ月の中では、松ヶ瀬と人気を二分する娼妓だと、新九郎からきいている。

つまり二枚目は、『息子、紅菊、殺す、毒』となる。

「尾田屋の息子が、紅菊という女と謀《はか》って、父親を毒で殺そうとしている——そういうことか？」

「おまえさん、一刻も早く、新九郎さまたちに知らせないと」

「そうだな、おれがひとっ走りしてくるよ」

厚い綿入れをもう一枚、お俊が羽織らせて、儀右衛門が急いで家を出る。

「大丈夫かしら……おとっつぁんも皆も、危ない目に遭わないといいけれど」

「毒を使うような男なら、切った張ったなぞにはなりっこないよ」

お俊はそうなだめたが、心配は尽きない。母とふたりで、神棚と仏壇に手を合わせた。


「いや、本当に危ないところだったよ。あのまま気づかず仕舞いだったら、尾田屋の旦那は、昨晩、殺されていたかもしれねえ」

翌朝、加助と季物売りの兄弟が、先に千七長屋に戻ってきた。梶新九郎と儀右衛門は、後始末のためにまだ江ノ月に残っているという。

「ご苦労さまです、加助さん。唐さんと文さんも、無事で何よりだったわ」

「ったく、せっかく色街に行ったのに、用心棒で終わっちまった。色気のねえこと、この上ねえや」

「ぼやくんじゃねえよ。死人も怪我人も出なかったんだ。それだけで御の字じゃねえか」

兄の唐吉が、文句を垂れる弟の文吉をたしなめる。ふたりとも一晩中、気を張り詰めていただけに疲れているのだろう。早々に自分たちの長屋に引き上げたが、加助だけは元気だ。千鳥屋で朝餉を振舞うことにして、加助から顚末をきいた。

「最初はな、碁《ご》の手合わせを願いたいとの建前で、新の旦那が部屋に上がり込んだんだ」

新九郎はまず、松ヶ瀬に事のしだいを明かした。松ヶ瀬は忠告を無駄にせず、新九郎に知恵を授けた。尾田屋の主人、道郎兵衛《みちろべえ》は碁打ちが趣味で、時折、江ノ月の主人や遣手を相手に、碁を打つことがある。新九郎も碁の心得があり、手合わせを申し出れば、まず断ることはあるまい――。

「ご主人の腕前は、楼主からきいておる。ぜひ一局、手合わせ願えまいか」

両者の碁の腕前が拮抗していたことは、何より幸いした。一局は長引き、そのぶん新九郎は松ヶ瀬の部屋に長《なが》っ尻《ちり》を据えることになる。

「そのあいだ、加助さんたちは何をしていたの？」

「江ノ月の主人にも、話を通してな。唐さんは見世の男衆のふりで、階段下に陣取った。で、おれと文さんは聞き込みだ」

儀右衛門が、江ノ月に走る前であったから、息子と紅菊の企みだとは知る由もない。

楼主とその妻、遣手や男衆、そして客がつかずお茶を挽いていた娼妓など、片っ端から話をきいた。しかし返ってくるこたえは、いずれも同じだった。

「尾田屋のご主人は、穏やかないい御仁でね。廊下なぞで会えば、誰にも愛想よく接してくださる。人に恨まれるような心当ては何もないね」

殺される理由なぞ見当たらないし、少なくとも江ノ月の内には、恨みをもつ者などいないと口をそろえた。松ヶ瀬への気兼ねや、上客への気遣いではなしに、尾田屋が慕われていることが窺えた。

「でもな、半時ほど経った頃、唐さんが伝えにきたんだ。いましがた、二階に上がった客の気配が、どうも剣呑だって」

ひとり客で、歳は二十四、五。身なりからすると、ごろつきか遊び人だが、妓楼の客にしては纏《まと》う空気がひどく尖っていた。二階に上がる客を見送って、唐吉は江ノ月の半纏を羽織った男衆にたずねた。

「ああ、あれは三ッ治《みじ》って野郎で、うちでは馴染客だ。何をしているかは知らねえが、どうせろくな手合いじゃなかろう。ただ、紅菊にはぞっこんでな、三月ほど前から、せっせと通ってくる。そういやあ、ここしばらくは、ことに熱心だな。ほとんど毎日のように来ているぜ」

紅菊の座敷を見張るよう、唐吉は弟に指示して、文吉は言われたとおり、座敷前の廊下に陣取った。そのあいだに加助は、遣手から耳寄りな話を拾った。その遣手は碁をたしなんでいて、何度か道郎兵衛と手合わせしたという。

「そういや、碁を打ちながらね、旦那がぽつりと言ったんだ。馬鹿息子は、どこでどうしているだろうって」

尾田屋には、娘はふたりいるが息子はいない。長女に婿をとり店を継がせるつもりだと、先にはそうきいていただけに、遣手は不思議に思い、先を促した。

「それが十年も前に、勘当した息子がいるってんだよ。とにかく子供時分からひねくれていて、十を過ぎると悪い仲間とつるむようになった。店の金に手をつけるくらいは大目に見ていたそうだが、奉公人の若い娘に無体を働こうとして、旦那もとうとう堪忍袋の緒が切れたって」

幸い未遂に終わり事なきを得たが、まったく反省の色のない息子の態度が、どうにも許せなかったという。これ以上、家にも置いておけず、勘当という手段をとらざるを得なかった。

「たった十四で家を出されるなんて、美津太郎《みつたろう》さんも可哀想にな。ああ、息子の本当の名は、美津太郎というんだ」

「じゃあ、唐さんが見つけた三ツ治って人が、勘当された息子の美津太郎さんだったというわけね？」

香りの良い芹《せり》と、油揚げの煮浸しを口に入れ、加助がうなずいた。

「その息子は、本当に尾田屋のご主人を、殺《あや》めるつもりでいたのかい？」

お俊がたずねると、加助はにわかに肩を落とし、もう一度首をこくりとさせた。

「旦那がいなくなれば、きっと勘当も解かれる。跡取りとして返り咲けるかもしれないと、そう考えたんだろうな。馴染みの紅菊と、悪事を企んだんだ」

尾田屋に戻ることが叶えば、たっぷりと礼ははずむし、身代が転がり込んできた暁には、身請けして妾《めかけ》に据える。三ツ治はそう囁いて、紅菊は一も二もなく話に乗った。

「それで殺しちまおうなんて、浅はかにも程があるよ。旦那をどかしたところで、半ちくな息子に店を継がせるわけがなかろうに。番頭や親類が、黙っちゃいないさ」

人殺しという極端なやりように走る者は、考えなしの典型だとお俊はこき下ろす。

三ツ治こと美津太郎は、紅菊を騙したわけではなく、父親さえいなければと思い詰めていたに違いない。道郎兵衛を恨んだ挙句、父と自分しか見えなくなっていた。身内や親類、そして奉公人、多くの者が尾田屋を守っていることに、ついぞ気づかなかった。

「親に見放されるなんて、何よりも辛いだろ？　おれには美津太郎さんが、どうにも気の毒に思えてね」

加助の箸が止まり、塩をふった青菜のごとくしょんぼりする。加助のお人好しには慣れている。景気づけのつもりもあって、お縫はわざと明るく先を促した。

「ふたりはどうやって、旦那さんを殺めようとしていたの？　やっぱり、毒を使うつもりだったの？」

「いや、それが、毒じゃあなく蕎麦《そば》なんだ」

「蕎麦？……って、あのお蕎麦？」

「尾田屋の旦那は、蕎麦に中《あた》る体質《たち》でね。前にひどい目に遭って、以来、決して口にしない。息子はそれを知ってたんだ。でも、一度目はしくじってね」

「しくじった？　それって、前にも試みたってこと？」

「ああ、三日前……いや、ひと晩経ったから四日前になるか」

松ヶ瀬の部屋に、道郎兵衛が上がったことを確かめて、ふたりは事に及んだ。旦那に膳を運ぶ女中を、紅菊が足止めして、その隙に三ツ治が銚子に蕎麦粉を落とした——。楼主や男衆に責め問いされて、ふたりは白状した。

「なのにどうしてだか騒ぎにはならず、旦那も無事だった。それで昨晩、もう一度、試みるつもりでいたようだ」

「四日前ってことは、ええと……新九郎さまが二通目の絵文を受けとった、前の夜ってことになるわ」

時間はかかったものの、お縫がどうにか勘定する。逆に言えば、四日前の晩、企みを知った誰かが、次の日の昼間、新九郎に助けを求めて、袖に文を落としたということだ。

「でも、最初の文は、それより二、三日前よ」

「ふたりの企みを、立ち聞いたんじゃないのかい？」

母に言われて、なるほど、とお縫も納得する。もうひとつ、気づいたことがあるとお俊は続けた。

「最初の企みが成就しなかったのは、きっと同じ誰かが防いだためだ。それでも息子は諦めず、紅菊のもとに通ってくる。また悪事をくり返すかもしれないと案じて、新九郎さまに助けを乞うたんじゃないのかね」

「それが三枚目の、絵文というわけね」

「そういや、肝心の絵文の描き手ばかりは、わからなくてね。ひとまず差配さんと新の旦那に預けてきたんだ」と、加助がつけ加える。

朝餉を終えると、加助は長屋に戻り、それから半時ほどで儀右衛門が帰ってきた。勢い込んで首尾をたずねる娘に、儀右衛門は眠そうな声でこたえた。

「すまん、お縫、少し寝かせてくれ。やはり歳だな、徹夜は応える。ああ、新九郎さまが戻ったら起こしてくれ。もうひと仕事、引き受けてくださってな」

言い置いて儀右衛門は、寝間のある二階に上がっていった。

新九郎が戻ってきたのは、昼前の時分だった。客をふたり伴っている。

片方は、一目で察しがついた。穏やかな物腰の、小柄な人物だ。

「尾田屋道郎兵衛と申します。このたびは、こちらの長屋の皆さまに、まことにお世話になりました」

その後ろに、遠慮がちに従っている娘がいる。粗末な身なりだが、歳はおそらく、お縫と同じくらいだろう。視線が合うと、慌てて下を向く。

「この娘は、お長《なが》と申してな。絵文の主だ」

「私にとっては、命の恩人です」

道郎兵衛が差し招くと、娘はおずおずと前に出て、ぺこりと頭を下げた。


「ね、新九郎さま、お長さんは、いつどうやって息子の企みを知ったの？　どうして江ノ月の誰かではなく、新九郎さまに絵文を送ったの？　教えてちょうだいな」

お縫の矢継ぎ早の質《ただ》しに、新九郎は苦笑する。

道郎兵衛とお長は、奥の座敷に通り、身なりを整えて二階から降りてきた儀右衛門と、そしてお俊に向かって、挨拶やら礼やらを懇《ねんご》ろに述べている。

そのあいだにお縫は、店番をしながら新九郎に仔細をねだった。

「お長のことは、小さな筆子たちが教えてくれての」

江ノ月の内に、絵の上手はいまいか――？　朝になって起き出してきた子供らに、新九郎がたずねると、すぐさまこたえが返った。

「お長姉ちゃん！　花でも鳥でも魚でも、何でも描いてくれるよ！」

「とっても上手なの。あたいらにも優しいし」

「料理の残りなぞを、よく分けてくれるんだ」

いかにも嬉しそうに、口々に言い合う。お長は、水汲みや掃除、お運びなどをする江ノ月の女中だった。

絵文の主はお長に違いないと、早々に察したものの、そこから先は暇がかかった。

「五年ほど前だったかね、あの子がここに来たのは。新石場《しんいしば》から、回されてきたんだよ。新さんは覚えちゃいないかい？　あの頃に新石場で火事があって、十軒ほども燃えたんだ」

お長について語ったのは、松ヶ瀬だった。深川越中島《えっちゅうじま》には、石場とつく色街が二ヶ所あり、名のとおり元は石置き場だった。早く開業した方が古石場《ふるいしば》、遅い方が新石場である。

「あの子がまだ十三、四の頃で、小女郎だったそうだがね。肩から背中にかけて、大きな火傷を負っちまって、遊女としちゃ働けない。肌だけじゃなく、喉も焼かれちまってね……声が出ないんだ」

煙か熱気を吸い込んで、お長は声を失った。いかにも気の毒そうに、松ヶ瀬は眉間に皺《しわ》を刻み、きいたお縫も、思わず同じ表情になる。

「声が出ないから、絵文を描いたのね……」

「お長もやはり手習いとは縁遠く、仮名の読み書きも覚束ないが、ただ絵文にしたのは、万が一を考えての、あの娘の知恵のようだ」

「知恵、というと？」

「父親は松ヶ瀬の、息子は紅菊の、それぞれ上客だろう？　仮に楼主に訴えたところで、事が起きる前では証しようもない。まさか客の荷や懐《ふところ》を、検《あらた》めるわけにもいかぬしな」

三ツ治がかつて勘当された美津太郎であり、毒を盛って父親を殺そうとしている――。

道郎兵衛に正確に伝われば事なきを得ようが、中途半端な始末では、松ヶ瀬と紅菊、双方から恨みを買いかねない。位の高い遊女に疎まれては、妓楼の内では生きていけない。万一、楼内の誰かに見られても、すぐには察しがつかぬよう、絵文という手段をとった。

「だったら、見て見ぬふりもできたんじゃ？　どうしてあんなに必死になって、三度も絵文を描いたのかしら？」

「お縫や加助も、必死で防ごうとしていたではないか」

「それはそうだけど」

「だが、そうだな……尾田屋の主人の徳が、命を救うたとも言えようか。徳というか、傷薬だな」

仔細をききとるには、相応の手間と時がかかった。お長は得意の絵と、いくつか覚えているわずかな仮名を使って問いにこたえ、新九郎も辛抱強くつき合った。

お長は松ヶ瀬の部屋に酒を運んだ折に、道郎兵衛から心に残る親切を受けていた。

しもやけとあかぎれで真っ赤になって、手袋でもしたように腫れていたお長の手に、道郎兵衛は目をとめた。

「ああ、痛そうだね。私も冬になると荒れやすくてね。踵《かかと》や手の甲が切れるんだ」

話しかけられて、お長は心底びっくりした。日頃、何かを命じられる以外、声をかけられることすらない。下働きの女中なぞ、ここでは小女郎以下のあつかいだ。さらに物を言えぬお長は、まるでいない者のように誰の目からも素通りされる。まともに構ってくれるのは、子供たちくらいのものだ。しかし道郎兵衛は、さらにお長を驚かせた。

「そうだ、いい薬があるんだよ。これを毎日、寝る前に塗ってごらん。少しはましになるはずだ」

蛤《はまぐり》の殻に入った塗り薬を、容れ物ごと気前よくお長に与えた。

「旦那は優しいねえ。お長、せっかくだから、もらっておおき」

松ヶ瀬も機嫌よく許しを与え、お長は薬の入った蛤殻を胸に抱き、信じられない思いで座敷を出た。

「それが去年の冬、ふた月ほど前の話でな」

「お長さんはその恩を、忘れていなかったのね」

そして口を利かないお長の前では、誰もがつい気を抜いて、うっかり噂や秘密をしゃべることがある。他所には決して広まらないと、心得ているからだ。

紅菊の座敷に膳を運んだ折に、襖《ふすま》の陰で交わされたふたりの会話を、お長はきいてしまった。

三ツ治が道郎兵衛の実の息子であり、あろうことか父を亡き者にしようとしている。

「こいつをひとつまみ酒に混ぜるだけで、親父はお陀仏だ。尾田屋の身代は、おれに転がり込むってえ寸法よ」

恐ろしい企みに、お長は震えあがった。混ぜものが蕎麦粉とは知らず、毒だと思い込んでいたからなおさらだ。最初は何とか松ヶ瀬に伝えようとしたが、こんな込み入った話を伝える術《すべ》がない。松ヶ瀬は気風がいいぶん短気なところがあり、要領を得ないお長の訴えに、いつまでもつき合えるほど暇な身でもない。

「江ノ月の内では、訴える者が他に見つからず、おれに白羽の矢を立てた。おそらく侍だけに、頼りになろうと踏んだのだろうな」

「たぶん、それだけじゃあ、ないと思いますよ」と、お縫はにんまりした。

きっと道郎兵衛のときと、理由は同じだ。刀こそ差しているものの、当たりがやわらかく、女となればなおさら大事にする。そして身分も年齢も境遇も問わず、誰にも優しい。

学があり書に明るいためばかりでなく、新九郎の人柄を見込んだからこそ、尾田屋の主人を救ってほしいと、絵文を袖に入れたのだ。直に訴えなかったのは、新九郎はあくまで松ヶ瀬の客の立場であるからだ。色目を使ったなぞと勘違いされては、元も子もない。

「おれがもう少し早く気づいておれば、怖い思いをさせずとも済んだのだがな」

それればかりは申し訳ないと、新九郎がため息をつく。

最初の企てが失敗したのは、お俊が見越したとおり、お長の働きによるものだった。

良からぬ企みを相談し、その二日後、ふたりはそれを実行に移した。お長は何食わぬ顔で、細工された膳を松ヶ瀬の部屋に運び、粗相のふりをして銚子の中身をすべてぶちまけた。松ヶ瀬からは叱られたものの、内心では道郎兵衛に障りがなかったことに、心から安堵した。

けれども翌日からも、三ツ治は相変わらず紅菊の許に通ってくる。またいつ毒を盛るかわからない——。

不安と焦燥に押し潰されそうになりながら、新九郎に宛てて絵文を描き続けた。その心中を思いやると、にわかに胸が痛くなる。

「おとっつぁんが間に合って、本当によかったわ」

「ああ、差配殿が二枚目の謎を楼主に明かして、おかげで紅菊の部屋に踏み込むことが叶うた。道郎兵衛殿にも同席を願うたが……あまりの変わりように、最初は息子だとわからなくてな」

十四で勘当し、ほぼ十年ぶりに会った息子は、驚くほど様変わりしていた。少年から青年になるにつれ顔つきや体格も変わり、それ以上に、纏わりついた荒《すさ》んだ気配が、息子を別人に見せていた。

江ノ月の内ですれ違ってもわからなかったろうと、道郎兵衛は呆然と呟いた。

「息子さんは、どうなったの？　いくら殺されかけたとはいえ、実の息子を奉行所に訴えるわけにはいかないでしょ？」

「それもどうにか、丸く収まった……加助のおかげでな」

「え？　加助さんのおかげって？」

「憎み合う親子のしこりをとり払った。あれは加助の手柄だ」

息子が親を殺そうとしていた。その事実に悄然として、道郎兵衛も腹に据えかねたのだろう。一時は、町奉行所に突き出しても構わない、とまで口にした。

慌てたのは楼主の方だ。もとより岡場所の存在を、幕府は認めていない。下手を打てば江ノ月どころか、色街ごと取りつぶしの憂き目に遭いかねない。紅菊は格下の妓楼に下げ渡し、また三ツ治は、土地の親分に頼んで深川から追い払う。それで手打ちにしてくれまいかと頼み込んだ。

道郎兵衛はそれでいいと承知したが、引っ込みがつかないのは三ツ治の方だ。

「おれは諦めねえぞ。きっと親父を……いや、息子の顔すら覚えちゃいねえんだ、もう親なぞと思ってねえ。何年かかっても、いつか必ず、てめえをぶっ殺してやる！」

捕えられた獣さながらに、血走った目つきで父親を睨みつける。血の繋がった親子だからこそ、憎しみも磨かれて、ぞっとするほどの底光りを伴う。誰もが言葉を失ったが、そこに割って入ったのが加助である。

「そうじゃねえだろ！　十年ぶりに出会えたのに、親父さんは気づいてくれなかった。それが悲しくて寂しくて、駄々をこねてんだろ？　親父さんに、構ってほしいだけなんだろ？」

「うるせえ！　知ったふうな口を利くな、てめえに何がわかる！」

「わかるさ。だって、あたりまえの人の気持ち、あたりまえの息子の思いだからな。ここにいる皆、誰にだってわかるさ。そうだろう？」

まわりにいた者たち、楼主に儀右衛門、唐吉に文吉、新九郎に松ヶ瀬が、強引に促され、てんでにうなずき合う。

「親父さんに会いたかった、寂しかったって、素直に言わねえと伝わらねえぞ」

「誰が言うか！　そもそも、んな薄っ気味悪いこたあ、考えても……」

「いいや、おれにはわかる。あんたがどんなに切なかったか、情けない思いをしたかようくわかる！　だがな、自棄《やけ》を起こしちゃいけねえ。あんたの思いは、きっと親父さんに通じる。おれもいくらだって、力を貸すよ」

「要らねえよ！　誰も頼んでねえよ！」

ここまでくると、ほぼ掛け合い万歳だ。とうとう堪《こら》えきれず、文吉が吹き出して、さざ波のように一同に笑いが広がる。しかし道郎兵衛だけは、笑わなかった。

「すまない、すまなかった、美津太郎……おまえだと、気づいてやれなくて。私もずっと、おまえに会いたかった……おまえを忘れた日は、一日だってなかったんだ、美津太郎！」

涙をこぼし、息子を抱きしめる。美津太郎もまた、毒気を抜かれたように、自分にしがみつく父親に黙ってからだを預けていたが、しばしの後、ぼそぼそと父に言った。

「紅菊を、許してやっちゃくれねえか。こいつはいわば餌に釣られて、おれの誘いに乗っただけだ……おれもこいつに惚れているしな」

「三ツさん……」

紅菊はそれまで部屋の隅でうなだれていたが、初めて顔を上げた。

しかしこれには、楼主が難色を示した。どんな理由にせよ、客を手にかけようとするなぞ言語道断だ。深川から遠ざけた上で、場末の遊女屋に下げ渡すと言い張る。

これを受けて道郎兵衛は、ひとつの案を息子に示した。

「美津太郎、おまえに仕事を世話するから、そこで働いてみないか？　三年のあいだ真面目に働いて金を貯めれば、紅菊の身請けも叶うかもしれない」

「親父……」

「三年辛抱できるかは、おまえしだいだがな」

迷いは浮かんだものの、すがるような紅菊の眼差しに、美津太郎は承知した。

やがて奥の間から、客のふたりが出てきた。道郎兵衛は、新九郎とお縫にも改めて丁寧に礼を告げる。

「ご主人、お長のこと、くれぐれもよしなに頼む」

「もちろん、私の命の恩人ですからね。今度は私が、お長に恩を返さねば」

上客が、見世内で危うい目に遭った以上、楼主はいくばくかの詫び料を払うつもりでいた。そして道郎兵衛は、詫び料の代わりにお長をもらい受けたいと請うた。

「お長には、尾田屋《うち》で働いてもらいます。手習いや行儀作法も、おいおい身につけさせて、いずれは良い伴侶を見つけてやらねば」

学はなくとも、絵文を描くだけの機転と、そして心延《こころば》えがお長にはある。火事という大きな不運に見舞われたが、きっとこの先は、自身で運を拓いていくに違いない。

「お長さん、あの絵文は、見事な出来でした。できればこれからも、絵を続けてくださいましね」

お縫の心からの賛辞は、お長に届いたようだ。初めて見せた笑顔は、はっとするほど明るかった。

その手にはまだ、あかぎれが残っていたが、春は深まりつつあった。

籠飼の長男

「お縫姉ちゃん、これ何だかわかるか？　錠前の中身なんだぜ」

問いを投げた傍から、答えを明かす。このあたりは、まだまだ子供だ。十四にもなると、女の子は大人びてくるものだが、男の子は他愛ない。

「こいつは羽根板《はねいた》が一対でな、閂《かんぬき》の上下についている。で、こうやって鍵を回すと、上下の羽根板が閉じて、いわば閂が細身になるだろ？　見事、閂が抜けるって寸法よ」

嬉々として語るのは、耕治《こうじ》である。下駄売りの庄治《しょうじ》の息子で、去年の春、錠前職人の加助の弟子になった。もっとも錠前への興味は人一倍で、弟子入りする前から、ちょくちょく加助の傍で、飽きもせず錠をいじっていた。

子供が関心を寄せ、夢中になり、それが生業に繋がるなら、こんなにいい話はない。しかし耕治の場合は、決して手放しでは喜べない。

「ほとんどの蔵の錠は、この仕掛けなんだ。つまりは鍵なぞなくとも、羽根板が閉じるよう上下を締めれば開くってことだろ？」

「耕ちゃんは錠前を作る職人になるのだから、開ける方ばかり達者になっても仕方ないでしょ」

「お縫姉ちゃん、開ける、じゃなく、破る、だぜ」

にんまりとされて、お縫は大きなため息をついた。

耕治の父、庄治の裏稼業は泥棒であり、息子はその跡を継ぐために日々精進している。とはいえ、両親にその気はない。ことに母のおせきは、息子をまっとうな道に進ませようと躍起になっている。

「父ちゃんは錠前破りの腕がねえからよ、けちな盗みしかできねえだろ？　手解《てほど》きしてやろうかって冗談で言ったら、母ちゃんにしこたま叱られちまった」

「そりゃあそうよ。おせきおばさんは、加助さんの真面目ぶりを見込んで、耕ちゃんを預けることにしたんだから」

「真面目も過ぎると、危なっかしいだけだがな。親方が客を連れてくるたびに、ハラハラするぜ」

「加助さんが連れてくるのは、客ではなく厄介の種だものね」

今度はふたりそろって、やれやれとため息をつく。お人好しの加助が、人助けの種を拾ってくるたびに、ふりまわされるのは長屋の者たちだ。

「それでも職人としての腕はあるんだし、耕ちゃんも作る方に励んでちょうだいね」

「お縫姉ちゃんも、すぐそれだ。母ちゃんと一緒で張り合いがねえな。そこいくとお竹《たけ》おばさんは、小言なしで身を入れてきいてくれるのに」

「そういえば小さい時分は、お母さんに叱られるたびに、よくお向かいに逃げ込んでいたわね。耕ちゃんだけの、駆け込み寺みたいだった」

「おれの大盗人になる夢を、菊松《きくまつ》おじさんだけはわかってくれたしな」

木戸を入った左手に庄治一家、お向かいにあたる右手に、菊松とお竹夫婦が住んでいた。しかし師走半《なか》ばからふた月近く、夫婦は留守にしている。

「あーあ、早く帰ってこねえかな。初午《はつうま》までには戻るって言ってたのに」

「あら、そういえばそうね。明日が初午だから、そろそろ帰るはず。それとも那須湯《なすゆ》が気に入って、逗留を延ばしたのかしら」

「那須湯って、そんなにいいところなのか？　茄子がたわわに実ってるわけじゃねえと知らされて、ガキの頃はえらくガッカリしたが」

「あたしもよ。柚子湯みたいに、茄子がお湯にぷかぷか浮かんでいると思っていたわ」

互いの勘違いに笑い合ったが、野州那須湯は人気の湯治場である。

温泉番付における東の大関、つまり東の一番は上州草津で、長年にわたって不動の地位にあるが、那須湯もまた幕内から落ちた例《ためし》がない。去年の番付では、草津に次ぐ関脇が那須湯だった。

「何でもね、出湯《いでゆ》が五つも六つもあるのですって。湯めぐりだけで何日もかかると、先月届いた文には書かれていたわ」

便りは父の儀右衛門宛に届き、やはり二月初旬、遅くとも初午までには帰るとあった。

「帰りの道中で、何かあったのかしら……ちょっと心配ね」

「道中で、人助けの種を拾っちまったとか？」

「いやあね、加助さんじゃあるまいし」

軽口を叩き合ったが、まさか本当になるとは、その時は思いもしなかった。

夫婦が帰ったのは、それから三日後、初午の翌々日だった。


「無事に戻って何よりだ。那須湯はどうだったい？」

菊松とお竹は、戻る早々、質屋『千鳥屋』を訪ねた。

差配を務める儀右衛門は、妻と娘とともに安堵の表情で夫婦を迎え入れた。

「へい、おかげさまで。ちっと熱いが、いい湯でやした」と、菊松が顔をほころばせる。

「またそんなふうに強がって。おまえさんは、かぶり湯だけで音《ね》をあげていたじゃないか」

「それを言うない。あんなに熱い湯は、初めてだったんだよ」

那須にはいくつもの出湯があるが、もっとも古く有名なのは鹿の湯だ。源泉の熱いことでも知られており、かぶり湯という独特のしきたりがある。湯船に浸かる前に、まず柄杓《ひしゃく》ですくった湯を頭にかける。湯あたりを防ぐと言われるが、少なくとも百回、多い者は三百回もくり返すという。

「いやあ、那須湯の熱さときたらとびきりで。あっしは百がようやっとで。そこへいくとお竹は、熱いのが好きでね。二百数十を数えたんでさ」

「その後で湯に浸かるんですがね、長居できないのが玉に瑕《きず》で。ほんのちょんの間《ま》浸かったら、休まねばならないそうで。それを何べんもくり返すんですよ」

「おれはちょんの間で十分だ。あんな湯に長居しちゃ、たちまちのぼせちまわあ」

大柄な女房に対し、菊松は小柄で、背丈も女房に及ばない。この蚤《のみ》の夫婦は、煮豆売りをしながら、裏では騙りを働いていた。仕掛けるのは年に一、二度。手にした金は物見遊山で使いきるのを身上とし、毎年のように湯治や長旅に出掛けていく。

「初午を過ぎてからは、ちょいと気を揉んだよ。向こうは雪が深いから、難儀しているのかとも思えてね」

「雪にたたられたのは往きの方でして、山道を登るのにえらくかかりやした。とはいえ、冬は湯治場の書入れ時だから、那須湯に向から客も多くおりまして」

農閑期にあたる冬場は、湯治客がどっと増える。道連れにも事欠かず、土地の者も多い。おかげでどうにか辿り着けたと、菊松が語る。

「ご心配をおかけしてすみません。帰りで足止めを食ったのは、千住《せんじゅ》宿でして」

「千住宿だって？　もしや具合でも悪くしたのかい？」

「いや、あっしらじゃあなく……何だい、遠慮しないで入っておいで」

菊松が後ろをふり返り、父の傍らにいたお縫は、そのとき初めて気づいた。店の外に、子供が突っ立っている。

「さあさ、おいで。この方たちは長屋の差配さんご一家でね、おまえも挨拶おし」

お竹が肩を抱くようにして、子供を儀右衛門の前に連れてくる。

耕治と同じくらいの歳頃の少年だった。

不思議そうに目をとめた差配に、大柄でふくよかなお竹は、顔いっぱいの笑みを向けた。

「この子は、千住宿で行き合ったんですが、少々訳ありで……。どうにも放っておけなくて、連れてきちまったんですよ」

「厄介は承知の上でやすが、あっしも見過ごせなくて……」

嬉しそうなお竹に対し、亭主の菊松は、申し訳なさげに頭を下げる。

「まあ、ひとまず上がっておくれ。詳しい話をきこうじゃないか」

「いま足湯をおもちしますから。お縫、手伝っとくれ」

母のお俊とともに、旅帰りの三人のために足湯の仕度をする。

「この前、耕ちゃんと語っていた冗談が、実《まこと》になっちまったわ」

「あたしも驚いたよ。加助さんの悪い病が、移っちまったかね」

合間に小声でやりとりしながら、大きな盥《たらい》に湯を張って、土間に運び込んだ。

菊松はさっそく湯に足を浸し、気持ちよさそうに手拭いで拭ったが、それが済むと、お竹は子供に声をかける。

「さ、幸次《こうじ》、次はおまえだよ。ここにお座りな」

「え？　こうじって……耕ちゃんと同じ名なの？」

「そうなんだよ。字は違うんだがね、幸に次と書いて幸次。歳まで同じ十四でね、何やら他人とは思えなくって」

驚いたお縫に、とろけそうな笑顔を向ける。幸せそうな笑顔が、かえって切ない。

お竹は昔、子を流産し、以来子宝には恵まれなかった。当人は子供が大好きで、耕治を構うのもそれ故だ。加助の悪癖が移ったわけではなく、耕治と同じ名、同じ歳のこの子との縁を、旅だけで終わらせたくなかったのかもしれない。

「ほら、足をお出し。あたしがやってあげるから」

「あの、おかみさん、手前でやりますから……」

「子供が遠慮なんてするもんじゃないって、何べんも言ったろう？」

長屋の耕治にくらべて、こちらの幸次は大人しく、世話を焼くお竹に、恥ずかしそうに足を預ける。言葉つきや身なりからすると、商家の小僧に思えた。

三人が座敷に上がると、お俊が茶を淹れ、お縫は戸棚からとっておきの饅頭を出した。たちまち幸次の目が吸いついて、真っ先に手を伸ばしたが、お縫の視線に気づくと慌ててその手を引っ込める。

「歩いてきて、お腹も減っているのでしょ？　いいのよ、どうぞ召し上がれ」

「せっかくだから、いただきな」

菊松にも勧められ、ふたたびおずおずと手が伸びる。手は遠慮がちながら、饅頭が口の中に消えるまでは、あっという間だった。大ぶりの饅頭を一口で頬張って、二、三度嚙み砕いただけで喉の奥に押し込める。すぐに二つ目に移り、三つ目も難なく腹に収まった。菊松やお竹の分まで平らげてしまったが、ふたりはかえって満足そうだ。

ほどなく幸次の頭がかくりと落ちて、船を漕ぎはじめた。お竹は目を細める。

「おやまあ、腹が満たされて眠くなったのかい。ひと息に疲れが出たのかもしれないね」

「お縫、二階で休ませておやり」

はい、とこたえて、幸次を連れて階段を上がった。二階のひと間に案内すると、ぱたりと倒れるように横になり、からだを猫のように丸める。ほどなく寝息がきこえた。

「やっぱり子供ね、他愛ない……あたしの考え過ぎなんだろうけど」

じっと寝顔を見詰める。なんだろう？　何がしっくりこないのか——。どこかちぐはぐに思えて、据《すわ》りの悪さを感じる。悪党を前にするような、はっきりしたものではない。ただ、何かがどうにも気になる。

部屋を出しな、もう一度ちらりとふり返り、お縫は後ろ手に襖を閉めた。

「あの子に会ったのは、四日前でしてね」

居間に戻ると、子供と出会った経緯を、お竹が話し始めていた。

「千住宿を出て……あれはどの辺りだったかね、おまえさん？」

「おそらく千住本宿と千住大橋の、ちょうど真ん中くらいか。田舎道の端で、苦しそうに蹲《うずくま》っておりやしてね」

道端の木の根方で、腹を押さえて呻《うめ》き声をあげていた。

「それがね、きいてくださいな。あたしらの少し先に、身なりのいい旅の商人の一行がいて、あの子は助けを求めたんですがね、傍に寄ることさえせず素通りですよ。あたしゃもう腹が立ってならなくて」

「おそらくは護摩《ごま》の灰《はい》と、思われたのかもしれねえな。まあ、あっしらも似たようなものですがね」

菊松は、盆の窪に手をやって苦笑した。護摩の灰は旅人を狙う盗人だが、多くは道連れとなって盗みをはたらく。病人を装って近付く手合いもおり、商人一行はそのたぐいと疑ったのだろう。

「でもね、あの子の病は本物なんですよ。びっしりと脂汗をかいて、そりゃあ苦しそうで、あたしが背負って千住宿まで戻ったんです」

「泊まった旅籠《はたご》に戻って介抱したんだが、まる二日、加減が悪くてね」

ひどい食中《あた》りを起こしたらしく、下痢と嘔吐をくり返した。心配のあまり医者に診せ、薬を飲ませたところ、三日目にどうにか落ち着いて、粥を食せるようになった。若いだけに治りも早く、昨日からは食事も元に復して、今朝ともに千住宿を発ったという。

「本復に至って何よりだが……あの子を連れてきたのはどうしてだい？」

子供ならまず、家に帰してやるのが本筋だが、そうできない理由があるのだろう。儀右衛門のみならず、お俊もまた察していた。

「見たところ、商家の小僧の身なりだね。もしや雇われ先から、逃げ出してきたのでは？」

夫婦は互いにちらと視線を交わしてから、お俊の申しようにうなずいた。

「あの子は二年前から、四ッ谷の米問屋で奉公しておりましたが、店を出奔《しゅっぽん》したそうで」

「黙って抜けたのには、ちゃんと訳があるんですよ。生国にいるおっかさんが病に伏して、もう駄目かもしれないと知らされたんです。ひと目だけでも母親に会いたい、三日でいいから休みをくれと訴えたのに、主人はきき入れてくれなかった。それで思い余って……」

幸次からきかされた経緯を、夫婦がそれぞれ語る。

「三日というと、生国は近いのかい？」と、儀右衛門が菊松に問う。

「武蔵国の幸手《さって》宿はご存じですかい？　幸手に近い村の、百姓の倅《せがれ》だそうです」

江戸から北へと向かう街道は三本、日光街道と御成道《おなりみち》、そして中山道《なかせんどう》である。中山道は板橋から西北へと向かうが、日光街道と御成道は、ほぼ平行するように北へと続き、両街道が交わるのが幸手宿である。

幸手は栗橋宿の手前にあたり、三日で往復するなら、夜も寝ずに歩かねばならない。どのみち小僧の分際では、小遣銭すら与えられず、宿に泊まることもできない。幸次は一切を覚悟の上で、三日の帰郷を願い出たがはねつけられて、店を黙って抜けるしかなかった。

「それでも間に合わなかった……母親の死に目には、会えなかったそうです」

「可哀想に……可哀想にねえ。どんなにやりきれなかったか、あの子の気持ちを思うと、もうたまらなくて」

涙をこぼす女房に、亭主は労《いた》わるように手拭いを差し出す。お竹の涙が収まると、儀右衛門は問いを続けた。

「だったらあの子は、生国からまた江戸に戻る折に、腹病みを起こしたというわけか」

「空きっ腹に堪えかねて、その辺に生えていた草なぞを腹に詰め込むしかなかったようで。きっと食べてはいけない草が、混じっていたのだろうな」と、菊松が説く。

「死に目には会えずとも、実家帰りはしたんだろう？　飯も食わずに、とんぼ返りしたというのかい？」

「それがね、旦那、ひどい話なんですよ！　店を抜けてきたあの子を、父親がたいそう叱りつけて、飯すら与えずに追い返したって！　あんまりだと思いませんか？」

いつものんびりしたお竹には似合わない。お縫と両親が驚くほどの、鋭い責め口調だった。視線に気づいたのか、お竹は調子を落としたが、訴えは止まらない。

「あたしには、とうていわかりませんよ。父親が実の子に、血を分けた我が子に、そんな情けない真似をするなんて。情の一片すら与えぬ仕打ちをするなんて……あたしには、どうしたってわからないよ」

お竹の目に、また涙が滲む。自分に子がいたら、精一杯の情を注いでやれるのに――。悔しそうな口許は、そう語っていた。

貧乏であったり、子沢山であったり、あるいは親自身が同じ育てられ方をしたのか。子供を邪険にあつかう親は、いくらでもいる。望んでも子を授からなかったお竹には、その不条理が切なくてならないのだろう。お縫もまた、胸が痛くなった。

同時に、夫婦が幸次を伴ってきた心情が、わかるようにも思えた。数日のあいだ親身に世話をして、情が移ったこともあろうが、哀れな境遇を見過ごせなかったに違いない。

ただ、たとえ子供でも、いや、子供だからこそ、境遇に縛られる。どんなに悪辣《あくらつ》であろうとも、親兄弟と雇い主こそが子供の人生を左右する。承知の上で、儀右衛門は夫婦にたずねた。

「あの子を、どうするつもりだい？　四ッ谷の店に帰すのかい？」

「帰りたくねえと、当人はごねてまして……その、店を出るときに、金をくすねたそうで。店の名や詳しい所を言わねえのも、そのためかと」

「ほんの数十文なんですよ。その金で薬を買って、母親の許に届けたんです……無駄になっちまったけれど」

幸次の立場で言い訳する夫婦を、儀右衛門は渋い顔でながめる。亭主のとなりで、お俊が口を開いた。

「あの子を手許に置いて育てたい。それが菊松さんとお竹さんの、本当の存念じゃないのかい？」

虚を衝《つ》かれたように、夫婦が押し黙る。他家の奉公人で、田舎には実の親もいる。たとえ金で話をつけても、物のようにやりとりできるわけではない。人の生には、実にさまざまなしがらみが絡みつく。すべてが面倒事として、夫婦にも長屋にも、そして当人の幸次にも降ってくる。ましてやこの千七長屋は、並の長屋とはわけが違う。

「育てたいなんて、そんな大それたこと、考えちゃおりやせん」

笑顔を作ったつもりだろうが、菊松の表情は、あまりに悲しかった。

「私らは堅気《かたぎ》じゃねえ。親になろうなんておこがましい、幸次のためにもならないと、重々承知しておりやす。よけいな悶着を引き寄せちゃ、差配さんや長屋の衆にまで迷惑をかけやすし
……」

「それでもあたしは、あの子と一緒にいてやりたい！」

亭主のとなりから、お竹が叫んだ。あふれた涙が、湧水のようにふくよかな頬を伝う。

「誰もあの子を大事にしない。それが哀れでならないんだ。野良犬みたいに邪険にされちゃ、誰だってひねちまう。たとえ他人でも、情をかける者はいる。世の中はそう捨てたもんじゃないと、あの子に教えてやりたいんだよ！」

思いの丈をぶちまけて、両手で顔を覆った。お俊がそっと傍に寄り、広い背中を撫でた。

菊松はしばし女房をながめて、おもむろに畳に手をついた。

「差配さん、後生です。十日だけ、幸次をここに置くことを許してやっちゃくれやせんか？」

「十日って、そんな短いあいだでいいのかい？」

「へい、あっしらには十分でさ」

菊松の顔には、決意がみなぎっている。何事か感じとったのか、儀右衛門が真顔になる。

「お縫、あの子を起こしておいで。お俊は、お竹さんを頼む。長屋まで送ってやりな」

人払いをした上で、菊松と話したいことがあるのだろう。すぐに察して、お俊とお縫はうなずいた。ふたりを長屋まで送っていき、ついでに千鳥屋から布団も運び入れる。

「おかみさん、わがまま言ってすみません。万が一のときは、あたしらは長屋を出ていきます」

帰ろうとする母娘を、お竹が呼び止めて、詫びを口にした。

「よしてくださいな、いまさら水くさい。出ていくなんて、言いっこなしですよ」

「そうよ、だいたい面倒事も迷惑も、とうに慣れっこだもの――加助さんのおかげでね」

お縫が冗談めかすと、ようやくお竹の口許に笑みが浮かんだ。

「明日の昼は、三人でうちに来ておくれ。無事に戻った祝いの宴を開くからね」

「ご馳走を仕度するから、幸さんもたんと食べてちょうだいね」

長屋の内に向かって、声をかける。耕治と同じ名だから、お縫はそう呼ぶことにした。

幸次はうなずいたが、特に嬉しそうな顔もしない。思えば表情に乏しい子供だった。

「ねえ、おっかさん。肝心の幸さんの存念は、どうなのかしら？」

並んで千鳥屋へと向かいながら、お俊は娘をちらと見遣った。

「店にも生国にも戻りたくないとはきいたけど、おじさんやおばさんと一緒に、本当にここに留まりたいのかしら？」

「そうだね、先のことは、何も言わなかった……ちょいと厄介な子供だね」

母の言いようが気にかかったが、お縫は問い返すことをしなかった。


「おまえもこうじって言うんだな、字は違うそうだが。おれは耕すに治めるだ」

翌日は宴が催され、幸次は招かれた長屋の衆にも紹介された。幸次は誰に対しても愛想がなかったが、耕治だけは親しくなった。もっとも最初は、耕治が一方的に話しかけ、ちょっと鬱《うっ》陶《とう》しそうにしていたのだが、ほどなく慣れてきたようだ。

「同じ名ってのは、紛らわしいな。何て呼ばれたい？」

「……幸次」

「じゃあ、おれは耕でいいぜ。去年から加助の親方のもとで、錠前師の修業をしてるんだ。おまえ暇なら遊びに来いよ」

素直に、うん、とうなずいて、次の日から、耕治のいる加助の長屋に通うようになった。

菊松とお竹の夫婦が毎日、朝から日が落ちるまで帰ってこず、暇だったこともあろう。煮豆を煮る甘い匂いがしないから、表稼業ではなさそうだが、何をしているのかわからない。ただお竹に頼まれて、お縫は時々、幸次のようすを見に行った。

とはいえ加助と耕治がいれば、さほど心配はない。加助は邪魔にすることなく、狭い長屋に迎え入れ、当の幸次は大人しく座って、ふたりのやることをながめている。

お縫はその日も、菊松の家と同じ並びで二軒奥になる、加助の長屋に足を運んだ。長屋の内からは、相変わらず耕治の元気な声がする。幸次が来て、五日ほどが経っていた。

「親方がいねえ隙に、錠前のことを教えてやろうか？　まずはこの錠前な」

加助はさっき、客のところに出掛けていき、長屋の内にはふたりだけだ。開け放された戸口から覗いてみると、耕治は錠前を手に、幸次にあれこれと話しかけていた。

「こいつは土佐錠って言ってな。江戸でも広く使われてるそうだ。他にも因幡錠《いなば》とか安芸錠《あき》とか色々あってな、でも、うちの親方が得手とするのは阿波錠《あわ》だ。阿波錠は、からくり錠とも言われてな、いくつもの段取りを踏まねえと開かねえ」

「からくり錠……初めてきいた」

「だろ？　物を見せてやりてえが、あいにくといまはなくってなあ。うんと凝った細工だから、よほどの金持ちか数寄者《すきしゃ》でねえと注文しねえんだ。からくりじゃなくとも、この錠は面白えぞ。鍵がちょいと変わっていてな」

言葉は少ないが、耕治の披露する錠前に、存外熱心に見入っている。邪魔をするのも無粋かと、お縫は戸口脇の壁に背を預け、しばしふたりの会話にきき入った。

「そういや、おめえは米屋の小僧だったたな。どんな仕事をしてたんだ？　やっぱり掃除とか使いっ走りとかか？」

どうしてだろう、幸次からは何も返らない。表情から勝手に解釈したのか、耕治の声が後を継ぐ。

「なんだ、小僧に不満なのか？　それとも雇い主が阿漕《あこぎ》なのか？」

「やりたくもねえことばかり、やらされてる……」

ある意味、仕事とはそういうもので、小僧のうちはなおさらだ。雑用ばかりさせられて、ひたすらこき使われる。しかし耕治は、実にあっけらかんと言った。

「どうしてもやりたくねえなら、早めにやめちまった方がいいぜ」

「やめる……？　そんなこと、できねえよ……」

「親や主人に逆らえねえか？　まあ、たいがいはそうだよな。子供は力がねえから、大人に従うより他に、生きていく術がねえ……おれだって、そのくれえは知ってるよ」

いつまでも子供に見えていたが、耕治の口ぶりはひどく大人びていた。

「でもな、ここの長屋の衆は、世間からちっと外れてんだ。それぞれがてめえの理《ことわり》をもって、独りで立っている――おれもそんなふうになりてえと思ってな」

お縫は思わず眉をひそめた。たいそう真っ当にきこえるが、悪党揃いの長屋だけに、何とも複雑な心地になる。それでも耕治が抱く憧れは、お縫にも理解できる。

裏稼業をもつだけに、誰もが己の尻拭いは己でする覚悟がある。それでいて、仲間が困っていれば、惜しみなく手を貸す。要は大人であるということだ。

耕治もまた、そういう大人になりたいと、願っているのだろう。

「ああ、悪い、おめえの話だったな。本当に嫌なら、逃げてもやめてもいいと思うぞ。だってよ、いまやってることが、おれたちの先々を決めるかもしれねえだろ？　大人になって悔やんでも遅えからよ」

幸次の返しは、やはりきこえない。気になって、つい肩越しに中を覗いてみた。

こちらに横顔を見せた幸次は、いまにも泣き出しそうな顔で、歯を食いしばっていた。

子供とは思えぬ悲愴な表情に、胸を突かれた。耕治は向かい側から、その肩に手を置く。

「おめえ、何かわからねえけど、我慢してんだろ。おれでよかったら、話してみろや」

「……言えねえ」

「大人に言えねえことなのか？　だったら、きいた話は決して明かさねえ。おれの親にも、菊松おじさんやお竹おばさんにも」

耕治の手を払いのけ、幸次が無暗に頭《かぶり》をふる。相手をじっと見詰めて、耕治は言った。

「ひょっとして、何か悪事に手を染めてんのか？」

うつむいた幸次の頰が、ひくりと引きつった。喉がこくりと鳴る。

「それでもいいぜ。何をきいても、おれは驚かねえし、責めたりしねえ」

ひどく吃驚《びっくり》した表情で、幸次は顔を上げた。眼差しには、未だ迷いが浮かぶ。断ち切るように、耕治は重ねて請け合った。

「嘘じゃねえぜ。何でもどんと来いだ！」

その姿は頼もしく、安堵を生む。遂に幸次が陥落した。

「おれ、あの人たちを……おじさんとおばさんを、騙してた」

「騙すって、騙りを働いてたってことか？」

うん、とうなずいた。菊松とお竹は騙りの玄人だ。その夫婦が、まんまと欺《あざむ》かれたというのか。お縫の鼓動が、耳につくほど速くなった。


「おとっつぁん！　おとっつぁん、大変！」

勝手口から入って、居間にとび込むと、先客がふたりいた。菊松と、髪結いの半造である。

「どうした、お縫、騒々しい」

儀右衛門は眉をひそめたが、お縫は父に構わず、狸に似た面相の半造に詰め寄った。

「半おじさん、ちょうどよかった。ね、子供を使って騙りを働く一味を知らない？　夫婦と弟を名乗る四人組で、子供は八人いるそうなの」

「籠飼《こがい》の雁平《がんぺい》一味だろ？　その話をするつもりで来たんだが」

虫や鳥を籠に入れて飼うことを、籠飼という。子を飼うにも繋がり、雁平一味は身寄りのない子供を集めて、騙りや盗みを働かせていると半造が語る。

「たしかに子供なら、大人の油断を誘えようが……非道にも程がある」

儀右衛門が怒りを露わにし、嫌な臭いでも嗅いだように顔をしかめる。

「お縫は、誰からきいたんだ？」

「幸さんから……直にではなく、耕ちゃんに明かしていたのを立ち聞いちまって」

お縫が白状すると、菊松は心の底から安堵するような、深いため息をついた。

「そうか、あの子が打ち明けたか……耕治をよほど信用したのだな」

よかった、本当によかったと、噛みしめるようにくり返す。

「まさか菊松おじさん、幸さんが騙りだと知ってたの？　いつから？　いつ気づいたの？」

「あの子と街道で出会ったときからだ。おれたちも、玄人だからね」

驚いたことに菊松は、初見の折から勘づいていたという。

「最初の狙いは、私らの先を歩いていた、身なりのいい商人だ。だが素通りされて、企みは頓挫した」

「それでおじさんたちを、次の鴨《かも》にしようと？」

「いや、具合が悪くて動けなかったのは本当だ。あれは芝居じゃない……だが、草を食べて腹を壊したというのは、たぶん嘘だ。あれが幸次の使う、手口なんだろう」

「手口って……いつもわざと腹病みを起こしているというの？」

「仮病なら、まだましだったんだが……」

腹を壊す何かを飲んで、助けた者の懐を狙う。あるいは、担ぎ込まれた宿や家で盗みを働く。それを常套として、悪事を重ねてきたのだろうと、菊松が暗い眼差しで告げる。

「紛れもない、雁平の手口さね。昔、薬種《やくしゅ》問屋にいたとかで、本草《ほんぞう》には多少の知識があってな。てめえで調えた妙な薬を、子供らに飲ませるそうだ。ひどいときには、死んじまうこともあってな……」

半造がそのときばかりは、気の毒そうに声を落とす。半造はかねてから、雁平の名とやり口だけは知っていた。夫婦と幸次のための宴の最中、菊松からこういう賊はいないかと問われて即座に名を挙げたという。

「きっと幸次も、あれほど病が重くなるとは、見当していなかったんだろう。たまたま薬が効き過ぎたか、あるいは何度もくり返して、からだが参っているのかもしれない」

菊松は薬と称したが、毒以外の何物でもない。きいているだけで、吐き気が込み上げる。子供にそんな毒を、しかも何度も飲ませるなぞ鬼畜と言える所業だ。

「とても見過ごしになぞできないわ。幸さん以外にも、辛い目に遭っている子供たちがいるのでしょ？　すぐにでも助けてあげないと！」

「そのために、ふたりにこうして集まってもらったんだが……さて、どうするか」

考え事をするときの癖で、儀右衛門が腕を組む。

「いや、旦那、それっぱかりは難儀かと。子供をすべて救うってことは、籠飼一家を潰すってことになりまさ。連中とて黙っちゃいない」

半造が、いたく理に則った正論を吐く。儀右衛門や菊松も、とうにわかっているのだろう。思案顔を、互いに見合わせる。

「あの幸次って子を、ここに留めるだけなら大目に見ますがね。ひとりくらい欠けたって、わざわざ探しやしないでしょうから」

「半おじさん、ひどい！　他の子たちを見殺しにしろっていうの？」

「見殺しなんて、人聞きの悪い……よけいな災難を、この長屋に招くわけにはいかないだろう？」

「でも、ひとりだけ助かるなんて、当の幸さんが承知しないわ。仲間のことを、いたく案じていたもの」

仲間八人のうち、幸次はもっとも年嵩《としかさ》であり、いちばん小さい子はまだ八つだという。

「病み上がりでからだもきつかったし、つい言われるまま、ここまでついてきちまったけど、やっぱり帰らねえと……おれがいねえと、代わりに下のもんが辛い役目を任される」

耕治に向かって、訥々《とつとつ》と語っていた。あの姿を思い返すと、涙が滲んでくる。

騙りの玄人たる菊松は、思い決めたように唇を引き結んだ。

「半さんから籠飼の名をきいてから、お竹と何べんも相談しやした。おれは正直、尻込みしていやしたが……」

菊松は慎重な男だが、決して臆病からではなく、長屋の衆への配慮であろう。しかしお竹は頑《かたく》なで、幸次と子供たちが助かるなら、命を賭しても構わないとまで言い切った。

「ああまでお竹さんに頼まれちゃ、おれも腰を上げざるを得なくてね。ひとまず、連中の塒《ねぐら》を突き止めたから、こうして旦那と菊松さんに、知らせに来たというわけさ」

浅草田圃《たんぼ》の外れにある、立ち腐れたような古い百姓家が一味の塒だと、半造は告げた。

小塚原《こづかっぱら》の刑場に近い、ことのほか寂しい場所だが、日光街道を北に向かうと千住南宿、千住大橋を渡ると、千住本宿に至る。また、新吉原に至る山谷堀《さんやぼり》にも近いため、千住界隈か山谷堀に子供を送り、稼がせているようだ。

「あの子供に吐かせた方が、よほど早かったと思うがね」と、半造が嫌味をこぼす。

「いや、正体が知れたとなれば、幸次はきっとここを逃げ出す。行き場のないあの子が帰る場所は、一味の塒しかないからね」

それだけは避けたかったと、菊松は吐露し、半造に頭を下げた。

「半さんには礼を申しやす。明日からしばらく下見を続けて、その上で策を練りまさ」

「どうせなら、大芝居を打ってはどうだい？　八人もの子供の命がかかっているんだ、おれたちも総出でかからないと」

本腰を入れるべきだと、儀右衛門は考えていた。

「狂言作者は菊松おじさん、長屋の衆が役者というわけね」

「お縫、遊びではないのだぞ」

父にたしなめられ、首をすくめる。お縫も弁《わきま》えてはいるのだが、大仕掛けときくと、どうにも興奮が先んじる。

菊松はそれから五日、浅草の百姓家を見張り、芝居の筋書きを仕立てた。

浅草山谷町に、安酒を飲ませる居酒屋がある。

床几《しょうぎ》に腰掛けたふたり連れは、かなり酩酊しているようで、赤い顔で声高に語り合う。

「親方、きいたか？　玉連寺《ぎょくれんじ》に、すげえ金蔓《かねづる》が来てるってよ。うまく運べば、なんと五十両だ！」

「五十両だと？　なんでい、そのべらぼうな金高はよ」

どちらも職人の風体で、掌を広げて五を示した若い男に、親方らしき中年男が目を丸くする。

「なんでもな、子供を探しているそうだ」

「子供だと？」

「ああ、探しているのはお武家の一行でな。はばかりがあるそうで、素性は住職しか知らねえが、何とも立派な身なりでよ。どうやらお大名のご家中のようだ」

「大名の家来が、何だって子供なんぞを？」

「親方は察しが悪いなあ。行方知れずになった、若さまを探してんだよ」

「若さまだって？　こんな片田舎で、迷子になったってのか？」

「迷子じゃなく、かどわかされたんだよ！　それも一年も前にな。きっとお家騒動に違えねえぜ。腹違いの兄弟が家督を争うのは、よくある話じゃねえか。おそらく誰かが兄君の若さまを連れ出して、人買いに売っちまったんだ」

「その若さまを、探してるってのか？　何やら芝居じみてるなあ。眉唾《まゆつば》じゃねえのか？」

「嘘じゃねえよ。若さまの乳母が、この辺で見掛けたと言い張ってな。ご用人とご家来衆を引き連れて、玉連寺に腰を据えていなさる。若さまを連れてきた者には、五十両の褒美が出るそうだ」

「へええ、ひとつうちのガキで、試してみようかな」

「親方の坊ちゃんは、もう十四じゃねえですか。若さまは御年八歳、証しは左足の大きな傷で、踝《くるぶし》から膝に向かって、足の外側に長い傷があるそうで。幼い折にどこやらから落ちて、ついた傷だとかで」

「てことは、歳は八つ、左足に傷のある子供を差し出せば、五十両ってえ大金が手に入るってわけかい。こいつは豪儀だねえ」

酒の席での与太話に過ぎない。親方はさほど本気にせず呵々《かか》と笑ったが、職人たちからほど近い場所にいた、三人連れの男たちが無言でうなずき合った。

そのまま店を出ていく三人の背中を見送って、ふたりも外に出た。

「どうやら、釣れたようだな。菊松のおっさんに、知らせねえとな」

「いやあ、芝居なんて慣れてねえから、大汗かいちまった。文さんはさすがに、堂に入ってるねえ」

「まあ、おれは、女形でもいけるからな。庄さんの親方ぶりも、悪くなかったぜ」

親方を演じていたのは、耕治の父親の庄治で、弟子は文吉である。女に化けて美人局をしていただけに、文吉にとっては朝飯前だが、庄治はやれやれと息をつく。

「そういや、お縫坊は大丈夫かな。あっちは長丁場だからな、ボロを出さなきゃいいが」

「玄人のふたりが一緒なんだ、心配は要らないさ」

店を出たふたりが見遣ったのは、玉連寺の方角だった。

「ねえ、今日あたり、あの連中が来るのでしょ？　うまく騙し果《おお》せるかしら？」

武家屋敷の腰元の身なりで、お縫が膝に置いた両手を握る。

ここは玉連寺の離れであり、二日前から厄介になっている。

「怖いかい？　何ならお縫ちゃんだけ、席を外してもいいんだよ」

「いいえ、望んでこの役を引き受けたのだもの。きちんと果たすわ！」

気合の籠もった口ぶりに、乳母に扮したお竹が目尻を下げる。いや、誰よりも気合が入っているのは、お竹の方かもしれない。常の大らかな笑みを封印し、大柄なからだには、覚悟と意気がみなぎっていた。

「連中の相手は、おれとお竹が引き受ける。皆は覚えた台詞だけ語ればいいからね」

菊松は屋敷の用人を名乗り、家来として安太郎《やすたろう》と唐吉を連れていた。安太郎は掏摸で、唐吉は文吉の兄である。そして玉連寺を勧めたのは、情報屋の半造だった。

「あそこの住職は、利に敏くてね。相応の金子《きんす》を渡せば、たいがいのことには目をつぶる。根城にするにはもってこいだ」

山谷町から南東、日光街道と隅田川のあいだには、数多くの寺が集まり寺町を成している。玉連寺もそのひとつで、籠飼一味の塒からもそう遠くない。

念のため菊松は、あえて主家や事情を伏せた上で、数日のあいだ離れを貸してほしいと頼んだ。差し出した十両が効いたのか、住職はよけいな詮索はせず、武家の一行たる五人を離れに案内した。

昨日、庄治と文吉が居酒屋で釣糸を垂らし、一味が餌に食いついた。その知らせを受けてから、お縫の緊張は高まった。今日来るか、明日なのか。向こうも玄人であるだけに、容易には引っ掛からないのでは？　あれこれと思い煩《わずら》うと、どうにも落ち着かない。

「腹がすいたのう、そろそろ昼餉《ひるげ》にいたそうか？」

「仮にも武家が飯を所望するとは、はしたのうござらぬか？」

武士を演じる唐吉と安太郎は、ほとんど悪乗りの域であり、この辺りは裏稼業持ちの度胸の良さであろう。

昼飯を調達してこようと、唐吉が腰を上げたとき、廊下から小坊主の声がした。

「お客さまがお見えです。お通しして、よろしいですか？」

「どこのどなたか？」と、菊松が重々しく応じる。

「近在に住む、お百姓の夫婦ですが、お武家さまに折り入ってお話があると」

「さようか。では、引見《いんけん》いたそう」

やがて廊下に人の気配がして、小坊主が外から障子を開ける。廊下に並んでかしこまっているのは、夫婦者の男女だった。野良着姿のふたりが、深々と辞儀をするあいだ、菊松が目立たぬようにうなずく。籠飼の雁平に相違ないとの合図だ。

「あっしはこの近くに住む百姓で、――と申しやす。これは女房の――で……」

雁平が名乗った偽名は耳を通り過ぎ、代わりに睨むようにその顔を目に焼きつける。

ともに百姓の身なりをしているが、それにしては色が生白い。雁平は鍬《くわ》など振るえそうにない細腕で、女房も腰がなよなよしている。元は場末の酌婦《しゃくふ》で、子供らに稼がせた金で、贅沢に暮らしていると、半造を通してきいていた。他に弟を装う雁平の手下がふたりいて、八人の子供は、すべて夫婦の子とされていた。

まるで毛虫が這うようだ。夫婦を前にすると寒気を覚え、お縫の項《うなじ》はざわざわと鳴り続ける。子供が小さいうちは親のふりをして、詐欺や置き引きを手伝わせる程度だが、十二を過ぎて同情を引けない歳になると、薬を飲ませて稼がせる。くり返せば、どうしたってからだが弱る。役立たずとなった子供を、始末する目当てもあろうと、半造は苦い調子で語った。

一方、幸次からも相応の情報を引き出せた。聞き手はむろん耕治である。最初は幸次に口止めされたからと、どんなになだめすかしても語ろうとしなかったが、儀右衛門は辛抱強く説得にあたった。

「約束を破るような真似をさせてすまない。だが、幸次と子供たちは必ず助ける。おれとその約束を交わしてくれないか」

仕掛けるにはどうしても内情を知らねばならない。耕治は遂に陥落し、幸次が明かしたあれこれを、儀右衛門に語った。その中で菊松が関心を寄せたのが、いちばん小さい八歳の子供についてだ。

名は三与助《みよすけ》。一年ほど前、幸次ら年嵩の四、五人が、雨の中、道端で倒れていたのを見つけて塒に運び込んだ。何日もひどい熱が続き、助からないようにも思えたが、雁平が与えた薬が効いたのか、幸いにも回復した。

ただ、熱にやられたのか自分のことを何も覚えておらず、三与助という名も後からつけた。歳もわからないが、背格好からすると八歳くらいだ。

そして三与助の左足には、大きな古傷がある——。きいた菊松は、狂言の主役にその子を据えた。

「子供をお探しと、小耳に挟みやして……あっしらは子沢山でやすが、一年ほど前、迷子を拾って、我が子同様に育てておりやす」

「見つけたときは、病で弱っていましてね。何日も熱にうかされて、そりゃあもう懸命に介抱しました。幸い熱は引いたんですがね、己のことを何も覚えていなくって」

「それでも育ちの良さは隠しきれやせん。顔立ちに品があって行儀もいい。もしやどこぞのお武家の出ではないかとは、薄々察しておりやしたがね」

「いえね、あたしらもお役人に届けるつもりでいたんですよ。でも、当のあの子がすっかり懐いちまって、帰るのを嫌がったもんですから。あたしらの方も情が移っちまって」

雁平もなかなかに口八丁だが、女房はさらに達者だ。かなり脚色を加えて、子供についてあれこれ語り、最後に留《とど》めのように口にした。

「その子の左足には、何年か前についたらしい、大きな傷がありまして」

「なに、まことか？」と、菊松が気色ばむ。

「ええ、ええ、足首から膝にかけて、足の外側に長い傷が……」

「そ、その子はどこに？　すぐに逢わせてたもれ」と、お竹も慌て出す。

「へい、ここに連れてきておりやす。さあ三与助、こちらにおいで」

雁平が猫なで声で差し招く。障子の陰から、おずおずと子供が姿を現した。

「若さま!」

お竹の芝居は圧巻だった。一声叫んで、わなわなと震え出す。すぐさま子供に駆け寄り、その顔を下からじっと見詰める。

「若さま、わかりますか? 乳母の山路《やまじ》でございますよ……ああ、ああ、どんなにこの日を待ち望んだことか!」

たくましい腕で、子供をしかと抱きしめる。お縫もまた、ぼやぼやしてはいられない。同じく若さまの前に膝をつき、よよと泣き崩れる。

「申し訳ありません、若さま。守役の私がお傍におりながら、若さまをみすみす……もう二度と、お離しいたしませぬ」

愁嘆場を演じながら、ちらと百姓夫婦を盗み見る。感動の対面にもらい泣きする体でいながら、してやったりと胸躍らせる心中が表情に垣間見える。おもむろに、菊松がたずねた。

「山路殿、間違いはござらぬな?」

「私が手ずからお育て申し上げたのですよ。このお方は、若さまに相違ありません!」

うむ、と鷹揚にうなずいて、菊松はあれを、と命じた。はっ、と唐吉が従い、切餅《きりもち》ふたつ、締めて五十両の入った袱紗《ふくさ》包みを、恭《うやうや》しく上役の前にすべらせる。菊松がふたたびうなずいて、今度は安太郎が、廊下に座したままの夫婦の前に、重い包みを置いた。

いくら隠しても、欲を前にすると、本心が赤裸々にさらされる。

見事五十両もの大金をせしめた——。下卑た喜悦の表情を、すでに隠そうともしない。舞い上がった夫婦に冷水を浴びせるように、安太郎が低く言った。

「言うておくが、若さまのことも我らのことも、決して人に明かさぬよう心得よ」

「へ、へい、そりゃあもう……」

「もうひとつ……此度《こたび》の若さまの難事に、おまえたちは関わってはおらぬだろうな？」

「もちろんでございます。あたしらは若さまをお助けしただけで」

「まことであろうな？　嘘偽りを申さば、ただでは済まさぬぞ」

安太郎の恫喝《どうかつ》めいた念押しに、夫婦は滅相もないとひれ伏して、袱紗包みを懐に押し込んで、早々に退散した。

情が移ったなぞと言いながら、三与助に別れも告げず、ふり返りさえしなかった。

残された子供が、不安げにきょろきょろする。

「おいら、若さまなの？」

「ごめんよ、ちょっとしたお芝居さ」

お竹は子供の頭に手を置いて、いつもの大らかな笑みを浮かべた。

「あんたを幸次のもとに、連れていってやりたくてね」

「幸兄ちゃん、生きてたの？　おいちゃんたちは、もう幸兄ちゃんは死んじまったって……おいら悲しくて、いっぱい泣いたんだ」

「大丈夫、達者でいるわ。あたしたちと一緒に、幸兄ちゃんの許に帰りましょ」

うん、と子供がうなずいて、差し出したお縫の手をきゅっと握った。

菊松は寺を引き払い、お縫は三与助を連れて、ひと足先に長屋に戻ったが、残る者たちには、もうひとつ仕事が残っていた。

「大金を手にした悪党がどこへ行くか、おおよそ相場が決まっている。今夜はきっと、四人そろって盛り場に出向くに違いない」

「連中が出掛けたら、そのあいだにあたしらで、他の子供らを助け出すんだ」

「ひとりくれえ、見張りが残ってるかもしれねえぜ」

「そんときは、おれと安さんで片付けりゃいい」

幸いにも見張りはおらず、難なく子供たちを連れ出せた。最初は警戒されたものの、お竹が子供らを安心させ、また幸次の名を出すと覿面《てきめん》だった。

「幸さんは、下の七人にとって、頼もしいお兄ちゃんだったのね」

幸次を囲んで、ひしと抱き合う子供たちをながめて、お縫はそっと涙を拭った。

「子供たちは無事に逃げ果せたけれど、籠飼一味は野放しでいいの？」

翌日、お縫は父に向かって、その心配を口にした。半造もその場にいて、煙管《きせる》をふかしていた。

「連中にとっては金蔓だもの。血眼《ちまなこ》になって子供を探すかもしれないし、五十両を取られたのも業腹《ごうはら》でしょ？　あんな人でなしには、がつんとお灸《きゅう》を据えてやりたいわ」

「灸なら、お役人が据えてくれるさ。おれたちの、いや子供たちの代わりにな」

「お役人って、どういうこと？　もしやおとっつぁん、あの人たちの悪事を御上に訴えたの？」

「悪党のおれたちが、そんな真似をしちゃ藪蛇《やぶへび》だ」と、儀右衛門が苦笑する。

「実は、あの五十両には仕掛けがあってね……あれは贋金《にせがね》なんだ」

　種明かしをしたのは、半造だった。玉連寺の住職に渡した十両は、本物の小判だが、雁平夫婦への五十両は、半造が用立てた紛い物の小判である。銅板に金箔を貼っただけ、刻印などもいい加減な粗悪な品だが、あえてそのように作らせたという。

「ちなみに小判や包みの字は、新九郎さまに書いてもらったんだ」

　梶新九郎は、証文や手形の偽造を請け負っており、小判の墨書を引き受けた。墨書は本来、容易には消えぬよう膠《にかわ》を混ぜるものだが、あえて墨のみで書いた。書体や文言などにも気を配り、両替商などの玄人なら、贋金だとたちどころに判じられる。

「つまり贋金の咎で、早々にお縄になるということ？」

　そういうことだと、半造はしたり顔でうなずいた。

「お金の出所を白状させられて、こちらに火の粉がかかることはないの？　たとえば、玉連寺の住職とか」

「あの坊主は、悪党なぞよりよほど厚顔だよ。奴にはきっちり十両渡したし、籠飼が何を申し立てようと、知らぬ存ぜぬを通してくれるさ」

　贋金作りは大罪だ。よくて島流し、下手をすれば死罪にもなり得る。

「子供を苛《さいな》むなんて、何よりの大罪だ。今度ばかりは、おれも腹に据えかねてな」

厳しい表情で、儀右衛門は告げた。父の覚悟が伝わってくる。

「それより旦那、あのガキたちはどうするんで？　いくら何でも八人も置いておけませんぜ」

と、半造が苦言を呈する。

「そちらの方も、長屋の衆総出で当たるつもりだよ」

皆がそれぞれ伝手《つて》を当たって、子供たちの里親や、奉公や弟子入りの先を見つけてきた。

互いに兄弟のように育った仲間である。嫌がったりごねたりする子も相応にいたが、外なら ぬ幸次が、説得役を引き受けた。

「いまがおれたちの先々を決めるって、おれは教わった。知らない場所で辛抱も要るだろうが 堪えてくれ。もしどうしても嫌になったら、おれのとこに来い。きっと助けてやるからな」

幸次は加助の計らいで、錠前師に弟子入りすることになった。

「おれの弟弟子だが、気性が優しくて面倒見のいい奴だ。いやあ、こっちの幸坊まで修業を志 すなんて、錠前師としちゃ嬉しい限りだ」

迎えにきた加助の弟弟子とともに、幸次が長屋を発ったのは、半月ほど後のことだった。

「ともに錠前師を目指すのも、何かの縁だ。どっちが早く一人前になるか、張り合おうぜ！」

相変わらず、耕治は頼もしく、力強く幸次の門出を祝う。そのとなりではお竹が、手拭いを 握りしめ、ぼろぼろ涙をこぼして別れを惜しむ。

「からだには気をつけるんだよ。何かあったら、いつでもここに帰ってきていいからね」

菊松が幸次の手をとって、そっと何かを握らせた。

「深川八幡さまのお守りだ。名のとおり、おまえに幸いが訪れるよう、念じておいた」

幸次の顔が、くしゃりと歪《ゆが》んだ。仲間の子供たちに再会したときですら、幸次は泣かなかった。籠飼一家の長男として、ずっと気持ちを封印してきたのだろう。

涙を見せることを恥じるように、幸次は皆に背中を向けた。

庚申待

三月半ば――。桜はとうに見頃を過ぎていたが、どこやらの寺の境内かあるいは武家屋敷の庭からか、桜色の花弁は未だに風に舞ってとんでくる。

東風《こち》に乗って流れてきた花弁の行末を、何気なしに眺めていると、少し先を歩く男の髷に一枚だけ、はらりと舞い下りた。鬢付油《びんつけあぶら》のためだろうか、そのまま落ちることなく髷の先に居座り続けている。思わず笑いが込み上げたのは、知った相手だと気づいたからだ。

同じ千七長屋の住人である。お縫は駆け足で近づき、後ろから声をかけた。

「お帰りなさい、安おじさん！」

思う以上にその背中が驚いて、安太郎がふり返る。その拍子に、髷から花弁が剥がれ、手から札が落ちた。

「なんだ、お縫ちゃんか……脅かさねえでくれ」

身を屈めて札を拾い上げながら、安太郎は苦笑した。

「あっちの仕事の後だから、つい怯《ひる》んじまった」

「そういえば、小間物箪笥を背負ってないものね」

安太郎は小間物売りで、いつもは風呂敷で包んだ小箪笥を背負って商売に出る。背中ががら空きなのは、もうひとつの稼業に精を出してきた証しだった。

「今日はどこへ出掛けなすったの？」

「浅草にな。昨日、今日と三社祭《さんじゃまつり》だったから……いわば書入れ時だ」

後の方は、人をはばかって小声で告げた。

「そういやあ、お縫ちゃんが小さい頃は、よく一緒に行きたいと駄々をこねられたな」

「だって行先が、お祭りや縁日でしょ。どうして連れていってくれないのかと、不満でならなかったわ」

「安おじさんはけちん坊だと泣かれてな、あれには参ったよ」

日焼けした男くさい顔を、ほころばせる。すでに中年の域に入っているが、独り身のせいか所帯じみてはいない。誰より惚れ込んだ女房を、十年ほど前に病で亡くしていた。

ともに長屋へと帰る道を辿る。安太郎の右手にある札に、お縫は目をとめた。

花札よりも大きく、ちょうどカルタの札くらいか。

「おじさん、その札は？」

「ああ、これか？　実は浅草で拝借した品の中に、こいつが入っていてな」

安太郎の裏稼業は掏摸《すり》である。恋女房のお信《のぶ》は、吉原の遊女だった。格下とはいえ、遊女を身請けするには相応の金が要る。その金を工面したのが、安太郎のかつての掏摸仲間と、そして、お縫の父の儀右衛門である。

女房が死んだ後も、安太郎は律儀に両人に金を返し続け、掏摸を続けているのもそのためだ。いつか捕まりはしないかと、儀右衛門なぞは冷や冷やしているのだが、皮肉にも若い頃から培った技は衰えず、さらに重ねた場数は用心に磨きをかける。

中身だけ抜いて、掏《す》った財布や巾着はその場で処分する。神仏の御守りや御札なぞも同様で、証しに繋がるものは、まずもち帰ることがない。

自らの掟を破ったということは、よほど気になる代物であろうか？

「ちょっと変わっているけれど、これって百人一首よね？」

断りを入れて札を見せてもらうと、和歌とともに女人の絵が描かれている。一見すると、歌カルタと称される百人一首の読み札だが、お縫はにわかに首を傾げた。

「でも変ね……読み札なら上の句だけのはずなのに、下の句まで書いてあるわ」

百人一首は庶民にも広く親しまれるが、上の句を読んで、下の句の札を取る遊びだけに、読み札は上の句のみが記された。読み札に一首すべてが記されるのは、後世の慣習だった。

札にある作者の名とその歌は、お縫にもなじみがある。

「和泉式部《いずみしきぶ》のこの歌は、あたしも好きで」

「そうなのか？　おれは百人一首なぞ、とんと疎くてな」

あらざらむ　この世のほかの思ひ出に
今ひとたびの逢ふこともがな

死にゆく思い出に、もう一度だけでもあなたにお会いしたい――。いわば辞世の句とも言えるが、諦めよりもむしろ、愛しい人に会いたいという現世への執着が、美しい下の句に凝縮されている。

「でも、描かれているのが江戸風の女の人だから、何だかちぐはぐね」

小倉百人一首には、女性の歌が二十一首収められ、その姿は総じて平安貴族と思しき、宮中の装束をまとった長い髪の女人である。

しかし札の女人は、髪を丸髷に結って着物は小紋。明らかに当世風であり、また全身ではなく、大首絵《おおくびえ》のように胸から上だけが描かれていた。

「おれもそいつばかりは、妙に思えてな。つい、もって帰っちまった。前みてえに、さっさと捨てるべきなんだろうがな」

「前って……同じ札を、おじさんは前にも見たの？」

「同じというより、よく似た札だ。やっぱり客の品に入っていてな。うろ覚えだが違う歌で、女の絵も違った。もうちっと派手な娘姿でな」

「言われてみれば、この絵の女《ひと》はちょっと地味な出立ちね」

髪型や化粧、そして着る物は、当人の身分や立場を如実にあらわす。絵であるだけに鵜呑みにはできないが、二度目ということもあり、安太郎は何がしかの引っ掛かりを感じたようだ。

「もしかしたら表店の旦那方なら、何か知ってるかもしれねえと思えてな」

千七長屋の表には、お縫の父《ねたもと》が営む質屋『千鳥屋』と、半造が営む髪結店が木戸を挟んで並んでいる。たしかに裏の情報屋の半造なら、見当がつくかもしれない。

「だったらあたしが、半おじさんを呼んでくるわ」

長屋に着くと、安太郎を先に千鳥屋に行かせ、お縫は髪結店へと急いだ。


「いやあ、おれにも心当てはねえなあ。おそらくは、博奕カルタのたぐいだろうがな」

あいにくと頼みの半造は、そう言って狸に似た顔をしかめた。

「これでどうやって博奕をするの、半おじさん？」

「遊びようまではわからねえが、この手の変わり種カルタは、雨後の筍《たけのこ》みてえに次から次へと出てくるからな。御上が躍起になって取り締まっても追っつかねえ」

「古くは、天正《てんしょう》カルタやうんすんカルタの頃から、いたちごっこは始まっているからな」

と、儀右衛門も、目尻に笑い皺を刻む。千鳥屋は質屋だけに、この手の遊戯具がもち込まれることもままあった。明らかに博奕カルタと思しき品は受けとらず、本来なら御上へ届けるべきところだが、客がお縄になるのは寝覚めが悪く、何よりも手間がかかる。

「人目に立たないよう仕舞っておくか、捨てちまった方が身のためですよ」

一応の助言を与えて帰すのが常だった。

「おとっつぁん、うんすんカルタってなあに？」

「異国から伝わった南蛮カルタを、日本で真似たものだ。何でも室町まで遡るそうでな。南蛮カルタをただなぞったものが天正カルタ、より多くの者が遊べるよう工夫を施したのが、うんすんカルタだそうだ」

ポルトガルから伝わった南蛮カルタは、いわゆるトランプである。もとよりカルタはポルトガル語で、遊戯や博奕に使われる札という意味だった。

遊戯以上に相性の良いのが博奕で、そもそも伝来した頃から、南蛮船の船員が賭け事に使っていた。おかげで江戸期に入ってから、博奕カルタはくり返し禁令が出されたが、手を替え品を替え、法の抜け道を探すのが人の常だ。花札もまたそのひとつで、禁令に触れぬよう考案したとされる。

花札は長い時を経ても廃《すた》れずにいまに至るが、ほとんどが泡《あぶく》のように消えていく。

歌カルタに似せたこの品も、そのたぐいだろうと、儀右衛門と半造は結論づけた。

「あっしのために、お手間をとらせて申し訳ありやせん。てめえでも何が引っ掛かったのか、どうもあやふやなままでして」

安太郎は気まずそうに頭をかいたが、傍らにいた母のお俊は、庇うように言った。

「引っ掛かりってのは、いわば勘だろ？　見過ごすと後々、大事に繋がりかねない。あたしらみたいな稼業もちはなおさらね」

「お俊の言うとおりだ。小さなことでも用心と思って、何でも話してくれて構わねえよ」

へい、と安太郎は嬉しそうにうなずいたが、半造だけは眉をひそめる。

「小さな親切、大きなお世話とも言うがね。ま、こいつは安じゃなく、あの節介野郎に、声を大にして言いたいね」

「半おじさん、噂をすれば何とやらよ。今頃また、親切という厄介事を拾っているかもしれないわ」

半造は心底嫌そうに、くわばらくわばらと首をすくめたが、お縫の予言が本当になったのは、半月近くが経った頃だった。


「カルタといやあ、昔はお縫坊とよくやったなあ。お縫坊ときたら、てんで下手くそで」

ぷぷっと笑われて、にわかにムッとする。

「あれは文さんが、ズルをしたからでしょ。あたしが先に見つけても、あたしより先にとっちまうから」

「ズルとは言わねえよ。お縫坊は目端が利くくせに、動きがとろいからな」

「そんなことないわよ！　現に百人一首なら、あたしの方が上手かったもの」

「あんな文字だらけの札じゃ、覚えようがねえじゃねえか」

文吉とは、いつもこんな調子だ。兄の唐吉とともに季物売りをしており、最近は桜草の鉢を天秤に載せて売っている。今日は早めに品が捌けたようで、甘じょっぱい砂糖醤油の煎餅を土産に携えて、千鳥屋に立ち寄った。

両親は店で客の相手をしており、寒気が遠のき、すっかり過ごしやすくなった縁側で、煎餅を頬張りながら他愛ない話を交わす。

「やっぱりカルタといえば、いろはカルタだよな。犬も歩けば棒に当たる、論より証拠《しょうこ》、花より団子ってな」

「そういえば、おとっつぁんからきいたのだけど、上方だと文句が違うのですって。いは、一寸先は闇、だそうよ」

「うへえ、何やら世知辛いなあ。さすが商人の町だけあるな」

「だから上方では、犬棒カルタとは呼ばないって。何だかびっくりね」

お縫のびっくりに合わせたように、うわあ！　と文吉が叫び、派手にのけぞる。

「何よ、文さん、脅かさないでよ」

「違うって、お縫坊、見ろ！　加助のおっさんが……」

お縫の背中側を、文吉が指で示す。肩越しにふり返り、思わずお縫も声をあげた。

「どうしたの、加助さん！　ずぶ濡れじゃないの」

「いくら陽気がよくなったとはいえ、川遊びには早過ぎだろうが」

まさに全身濡れ鼠で、ひしゃげた髷からも、水をたっぷりと吸った着物の裾からも雫《しずく》が垂れている。半造に節介野郎と揶揄《やゆ》されていた、長屋の加助であった。

「水に浸かっただけだから、おれは大丈夫だ。それよりも、お縫ちゃん、この人を介抱してあげてくれねえか」

加助の背後にいる女の姿に、さらに仰天する。やはり小袖はたっぷりと水を吸い、手拭いを被ってはいるものの結った髪が無残に潰れ、まるで幽霊かと見紛うほどだ。

唇は紫色に変わり、ガタガタと身体が震えている。

「ひとまず濡れた着物を替えて、すぐに湯屋に連れていくわ。文さん、ぼんやりしてないで、おっかさんを呼んできて！　ここはあたしとおっかさんに任せて、加助さんはこのまま湯屋に行くこと！　わかったわね？」

てきぱきと指図され、男ふたりが慌てて走り出す。

お縫は家に女性を上げて、縁側から続く納戸に通して戸を閉めた。

「ここで着物を脱いでください。いま、着替えの浴衣《ゆかた》をもってきますから。それから一緒に湯屋に行きましょ」

小さな明りとり窓があるだけの薄暗い部屋だが、まだ日があるから相手の姿は見える。知らぬ家で恥じらいがあるのか、ためらう素振りでぐずぐずしている。

「うちは両親《ふたおや》とあたしだけですから、気兼ねは要りません。早くしないと、風邪をひきますよ」

発破《はっぱ》をかけるように急《せ》かし、頭から被っていた手拭いをとり去った。そのとき初めて気づいた。髷は大きくたわんでいたが、眉を剃っているから、おそらくは丸髷であったに違いない。髪飾りは、簡素な櫛一本きりだった。

他の髪飾りは水に落としたとも思えるが、地味な着物からすると、最初から挿してはいなかったはずだ。

眉を剃り鉄漿《かね》を施し丸髷に結うのは、身分に関わりなく大人の女性の証しだったが、これほど地味に装うのは武家ならではだ。

そして身なり以上に、武家と町人の差が際立つのは、立ち居振る舞いだ。さっきは見過ごしていたが、思い返すと歩き方や姿勢は、明らかに武家の妻のものだ。

「ご無礼しました。お武家の奥方さまと、お見受けしました。つい町屋の常で、馴れ馴れしくしましたが、どうぞお気を悪くなさらず」

お縫としては非礼を詫びたつもりだったが、武家と言われたとたん、びくりと相手の肩がはずんだ。しまったと思ったが、もう遅い。顔を見られまいとするように、お縫の視線を避けて肩に顔を埋める。

こんな哀れな姿を他人に見られるだけでも、武家にとっては恥になる。その慮《おもんぱか》りが欠けていた。

どうしたものかと困惑したが、幸い助け船が入った。納戸の外から声がして、戸を開けるとお俊が立っていた。

「あたしの浴衣でいいかい？　洗い張りしたてだから、ちょいと馴染まないかもしれないが、きれいな方がいいかと思ってね」

「ありがとう、おっかさん……ええと、それで……」

中にいる女性を一瞥《いちべつ》しただけで、娘の困り顔の意味を察したようだ。ひとつうなずいて、小声で娘に言った。

「湯屋はあたしがご一緒するよ。濡れた着物の始末は頼んだよ」

こういうときの、母の器量は折紙つきだ。ほっと息をつき、母と入れ替わりに納戸を出る。

「この屋の内儀の、俊と申します。まあまあ、こんなに濡れて……さぞお寒いでしょう。湯屋まで案内しますから、こちらにお着替えくださいましな」

客商売で培った、丁寧ながら温かみのある応対が、閉めた戸の向こうからきこえた。

「そういえば、あの方のお名をきいてなかったわ。もっともきいたところで、教えてはくれないでしょうね」

ふたりを湯屋に送り出すと、井戸端で女が着ていた着物を洗った。泥や水草はついていたが、着物や襦袢《じゅばん》はさほど汚れていない。ただよく見ると、ところどころ生地が薄くなっていたり、目立たぬように継ぎを当てた個所もある。

暮らしのつましい、下級武士の妻女だろうか。

ふと、先日、安太郎がもち帰ったカルタ札を思い出した。

髪を丸髷に結って、着物は小紋。着物は地味な色柄で、髪には櫛が一本だけ。

いま考えると、あの絵もまた、武家の妻女と思われる。その姿に、華やかとは言い難いが整った顔立ちの、先刻の女性が重なった。

「そういえば、安おじさんはあの札の、何が気になったのかしら？」

洗濯をしながら、ついつい独り言が声になる。ざばりと水しぶきをあげながら、洗濯物をもち上げた。

そのとき、おや、と気づいた。盥の水の中に、何か落ちている。

四角くて薄い――ちょうどカルタの札くらいだ。拾い上げて、表に返した。

「えっ、これって……」

思わず目を見張った。安太郎がもち帰った札と、とてもよく似ている。

字体や絵柄、そして札の仕立てが酷似している。おそらくは同じカルタではなかろうか。ただし歌や人物は違っている。

あしびきの　山鳥の尾のしだり尾の
長々し夜をひとりかも寝む

柿本人麿《かきのもとのひとまろ》と、詠み人の名も記されていた。三十六歌仙のひとりで、万葉集には人麻呂と表されるが、昨今のカルタにおいては人麿や人丸とされることが多い。

たいがいは、下級の平安貴族のような身なりをした、壮年や老人の姿で描かれるのだが、やはりこの札も絵が違う。

「柿本人麿にしては、ずいぶんと俗っぽいわね」

札にあるのは、やや太り肉《じし》の、いかにも裕福そうな商人だ。

「当世風俗百人一首、とでも銘打ったカルタかしら？」

札を手に、しばし考え込む。気になったのは版元の意図ではなく、武家の妻女がどうしてカルタの札なぞを身につけていたのかということだ。着物から出てきたということは、懐なぞに忍ばせていたに違いない。好きな歌だとの理由もなくもないが、あの上品な妻女がもつには、いささか品がない。

そしてもうひとつ、安太郎が手にした札との符合である。

「あの札、安おじさんは捨てちまったかしら？　まだ、もっているといいけど……」

「何を、もっているって？」

独り言に後ろから返されて、ひゃっととび上がった。ふり向くと、またもや加助である。

「加助さんたら、いちいちびっくりさせないでちょうだいな！」

「え、いや、すまねえ……そんなつもりはないんだが」

女ふたりより一足先に、湯屋から帰ってきたようだ。あわあわしながら詫びを入れる。

安太郎はまだ、表稼業の小間物売りから戻っていない。お縫は洗濯を手早く終わらせて、先に加助から事情をきくことにした。

「さっきの人は、見たところ武家のご妻女でしょ？　どういう経緯で、ここに連れてきたの？」

「経緯も何も……いきなり岸から川に入るのが見えたから、慌てて止めたんだ」

「川って、どこの？」

「浄心寺堀だよ。その奥まった辺りでね」

深川界隈は、小名木《おなぎ》川や仙台堀をはじめ、縦横に川や堀が配されているが、名すらない小さな堀川も多い。千七長屋のある山本町もまた、北と東はささやかな堀川に面しているのだが、単に枝川と称したり、あるいは浄心寺堀などと呼んでいた。

おそらく仙台堀の水を、浄心寺へと引き込むための堀であろう。この堀は山本町の東と北を通って、浄心寺で終わっている。

山本町を過ぎると、堀の両岸は寺社地で、人気もない。岸にしゃがみ込む姿が、遠くにぽつりと見えて、気になって駆けつけたという。

「たぶん袂に、石を詰めていたんだろうな。おれの目の前で、ざんぶと堀にとび込んじまって……おれも後に続いて、無理やり岸まで引きずり上げたんだ」

「それじゃあ、あの人……自害しようとしてたのね」

「橋から川に身投げしたって話はよくきくが、あんな小堀のどん詰まりで果てたら、下手をすれば誰にも見つけてもらえない。間に合って、よかったよ」

人目に立たないからこそ、あの妻女はこんな裏手の堀を、自害の場所に選んだに違いない。ただそれは、あまりに悲しい。

切腹を、名誉とするほどだ。武士において死とは、単なる生の終わりではなく、自らの誇りをかけた生きざまでもある。たとえ女とて、同じだろう。

なのにこんな下町の名もない堀で、人目を避けて命を断とうとするなんて――。まるで自身の存在を、そっくり消そうとするに等しい。

「何かよっぽど辛い目に遭ったんだろうが……何をきいても一言もこたえてくれなくてな」

「わけは、おっかさんとあたしできいてみるわ。女同士なら、話してくれるかもしれないし」

「助かるよ、お縫ちゃん。どうかあの人の、力になってやってくれ」

加助は安堵の笑みを浮かべて、自分の長屋に帰っていったが、お縫は心の中で、難しいかもしれないと案じていた。武家と町人という身分の隔たりばかりでなく、ずっと伏し目がちで、こちらをまともに見ようともしなかった。

まるで硬い貝殻の中に、閉じこもっているように――。

浅蜊《あさり》なぞを茹でても、ぱかりと殻の開かぬ貝がいくつかある。もう死んでいる貝だと、子供の頃、母に教わった。あの妻女は、そんな貝を思わせる。

物干竿を手にしたまま、ぼんやりしていたようだ。

「こんな刻限に洗濯かい、お縫ちゃん」

声をかけられて、はっと気づいた。

「いまから干しても、夜露に濡れちまうだろ」

「安おじさん！　よかった、たずねたいことがあったの。この前の札のことなんだけど、まだもっている？　それとも捨てちまった？　あるならぜひ、見せてほしいの！」

帰る早々、矢継ぎ早に問いを投げられて、小間物簞笥を背負ったまま安太郎が往生する。

しかし洗濯物から出てきた札をお縫が見せると、顔つきが変わった。

「こいつは……この前、おれが抜いた札と、同じ仕立てじゃねえか？」

「安おじさんもそう思う？　あたしもね、目にした途端ぴんときて……」

「こいつをどこで？」

この男にしてはめずらしく、お縫の語りをさえぎって性急に問う。お縫は事情《なりゆき》を、正直に明かした。

「てことは、持ち主は武家の妻女ってことか……」

顎に手をやって、じっと考え込む。面白くないと、その顔に書いてある。

「ね、安おじさん、改めて気になったのだけど……この前の和泉式部の札は、どんな人が懐にしていたの？」

「それがな、坊主だ。えらく派手な袈裟を着込んで、立ち居も横柄でな。気にくわねえから、お供の目を盗んでちょちょいとな」

三人ほどの若僧がつき従っていたそうだが、なにせ浅草三社祭の最中だ。いずれも祭見物に夢中で、安太郎にとっては朝飯前だった。

「おじさんは、前にも似た札を見たのよね？　そっちはどんな人からか覚えてる？」

「ああ、もちろんだ。仕事の前に、じっくり吟味するからな。肉付きと身なりのいい商人で、いかにも懐が重そうだった」

「その商人の懐にも、同じ札があったと……たしか、絵は町娘よね？」

ああ、とうなずきながら、また眉間にしわを寄せる。

「安おじさん、もしかして、札のからくりに気づいたんじゃ？」

「いや、おれの思いつきに過ぎねえし……」

「それでもいいから、教えてちょうだいな。あの人を助ける、手掛かりになるかもしれないし
……」

しかしそこへ、お俊たちが湯屋から帰ってきた。

「はあ、さっぱりしたよ。やっぱり風呂はいいねえ。庚《かのえ》さまも、すっきりしなさったろ？」

「おっかさん、その方のお名は、かのえさまというの？」

「いいや、あたしが勝手にね。だって名無しじゃ、それこそ勝手が悪いだろ？　今日は庚の日だから、庚さまとしたんだ」

当人も承知しているようで、うつむいたまま首をこくりとさせた。あくまで真の名は、告げたくないのだろう。

「じゃあ、あたしもそう呼ばせていただきます。庚さま、こちらは長屋のお仲間です」

いつもならそつなく挨拶するところだが、安太郎は相手を見詰めたまま、木偶《でく》のように突っ立っている。無遠慮な視線を避けるように、庚は浴衣の前をかき合わせた。

「安おじさん、そんなにじろじろ見ちゃ、ばつが悪いでしょ」

お縫が肘《ひじ》で小突くと、ようやく我に返る。

「こいつはご無礼を……小間物売りをしておりやす、安太郎と申しやす」

妙にあたふたしながら、安太郎が腰を折る。そのようすを、ちらりと横目で見遣り、お俊が言った。

「そういや今日は、庚申《こうしん》の日だったね」

「あら、ほんと！　庚申じゃあ、験《げん》がいいとは言えないわ。庚ではなく、他の名の方がよろしいんじゃや？」

十干の庚と十二支の申《さる》は、どちらも五行の「金」に属する。金が重なると人の心が冷酷になり、験が悪いとされていた。

「いえ、庚で結構です。私には似合いの名です」

意外なことに、即座にこたえたのは当の妻女だった。

お縫は声すら初めてきく。抑えの利いた、やや低い声音は、耳に心地良い。

ただ、不吉を伴う名を似合いと言い切るのは、危うさと物悲しさを感じさせ、当人のもつ闇が、濃く匂ったようにも思えた。

「あの……」

安太郎が、何か言いかけた。けれども庚の視線とぶつかると、後が続かない。

「いや、すいやせん……何でもありやせん」

日頃から無駄口はたたかぬ男だが、それにしても歯切れが悪い。

にわかに落ちてきた気まずい沈黙を払うように、ぱん、とお俊が手を打った。

「そうだ！　どうせなら、庚申待《こうしんまち》をしようじゃないか」

え、といきなりの案に、お縫と安太郎が怪訝な顔をする。

「おっかさん、庚申待って何？」

「お縫は知らないかい？　若い者は、きき覚えがないかもしれないね」

「あっしは辛うじて……と言っても、田舎にはそんな慣わしが残っていると、耳にしたくらいでやすが」

「庚申の日に、庚申さんをお祀《まつ》りしてね、皆で集まって寝ずに酒食をともにするんだ。あたしが子供の頃は、深川界隈でも開かれることがあったんだがね」

「寝ずにって、おっかさん……今宵ひと晩、眠らずにいるってこと？」

「ああ、そうだよ。長屋の皆を呼んでさ、ひと晩中呑み明かすんだ。庚申さんをお祀りすれば、縁起の悪さも祓《はら》えるし、何よりも楽しいだろ？」

庚が入水《じゅすい》しようとしたことを、母も知っているのだろうか？　あるいはそのようすから、穏やかならざる気配を感じたのか。どちらにせよ、庚のための庚申待であろう。

「そうね、やりましょう！　いまからじゃ、たいしたものは作れないけど、長屋のおばさんたちにも、材や手を貸してもらうわ。あたし、頼んでくる」

「ついでに皆に、声をかけてきておくれ。安さんには、酒屋までひとっ走りしてもらおうかね。五升……で足りるかねえ」

「うちの長屋は、女子衆の方が存外、呑兵衛が多くいやすからね」と、安太郎が苦笑する。

「しみったれた振舞いは、性に合わないからね。ここはやっぱり一斗にしよう。できるだけ早く届けるよう、酒屋に頼んできておくれ」

五升の倍を注文し、安太郎を送り出す。

「さ、仕度を始めないと。庚さまも、お手伝いいただけますか？」

少しびっくりしながらも、否やはないようだ。遠慮がちにうなずいた。

庚の手の甲には、日頃から水仕事をしているようすがある。武家とはいえ、女中なぞも満足に置けぬ、暮らしのつましさが現れていた。

庚という名を似合いだと告げたのは、金にまつわる理由があるのだろうか――。

ちらりとそんな考えも浮かんだが、お縫は口にせず、まずは狸髪結へと走った。


「何だって今頃、庚申待なんて……おかみさんも酔狂なことを」

髪結いの半造はぼやき気味だったが、女房のおかるは満面の笑みだ。

「誚れなぞ、何でもいいじゃないか。一晩中、呑み食いができるんだから」

千七長屋には、酒豪と言える強者《つわもの》が三人いる。そのひとりが、このおかるである。

とはいえ、いたって陽気な酒であり、終始機嫌よく、ぐいぐい呑む手合いであるために、さほど手間はかからない。一方で、酒が過ぎると、態度が豹変する者もいる。

「母ちゃんは、ほどほどにしておけよ。おれが迷惑するからよ」

釘をさしているのは、下駄売りの庄治の息子の耕治である。庄治はあまり呑まないのだが、母のおせきは酒好きで、少々厄介な酒癖がある。

「酔うとおれに説教する癖だけは、いい加減やめにしてくれねえか。しかも泣きながらよ」

「おまえの心掛けが悪いから、説教する羽目になるんじゃないか。子供の頃から、父ちゃんの稼業を継ぐと言ってきかなくて」

「いまは加助の親方について、錠前修業をしてるだろ。なのに酔うたびに、おれへの説教ばかりは変わらねえんだぜ。勘弁してくれよ」

容赦なく叱りとばす母には慣れていても、泣かれるのは困るようだ。おまけに当のおせきは、朝になるとけろりと忘れているのだから始末が悪い。

「おまえさんも、呑み過ぎないでおくれよ。限りってもんを知らないからね」

「ああ、わかっているよ、お竹。なに、呑める分しか呑まないさ」

「その呑める分てのが底なしだから、心配してるんじゃないか」

煮豆売りの夫婦がやりとりする。亭主の菊松は、からだこそ小さいが、酒量は並大抵ではなく、おまけに酔う素振りも見せず、まるで水を飲むようにすいすい口に運ぶのだ。

「皆、集まったかい？　いや、急な誘いですまないね。庚申待なんて、いまじゃ滅多にきかないが、庚申さんをお祀りするのは悪くはなかろう」

「庚申さんより、酒目当ての者がほとんどでやすがね」

「旦那が挨拶しなすっているのに、よけいな口をたたくんじゃねえ」

儀右衛門の言葉をさえぎった文吉が、兄の唐吉にぽかりと頭を張られる。

「はは、堅い話は抜きにして始めようか。酒や料理はたっぷりあるから、遠慮なく楽しんでくれ」

儀右衛門の音頭で、庚申待にかこつけた酒盛りがにぎやかに始まった。

一階の襖はすべてとっ払い、広い座敷に長屋中の者が顔をそろえている。料理は銘々膳で出すものだが、さすがに膳の数が足りない。大きな料亭のように大皿に盛って、それぞれが好きなだけ取り分けることにした。三つほどの車座になって、料理に箸を伸ばし酒を酌み交わす。どの顔も和やかに笑っており、ひとりだけそのさまを黙って眺める者がいる。

「庚さま、どうぞ召し上がってくださいましね。ざっかけない料理ばかりで、お口に合うかわかりませんが」

お縫は気遣って、取り分けた料理を庚に差し出した。礼を言って皿を受けとり、上品に箸をつける。浴衣から、お俊が貸した着物に着替えていた。

「新牛蒡《しんごぼう》のきんぴらですね。とても美味しゅうございます」

控えめな微笑を向けられて、ほっと安堵がわいた。

晩春の時期だけに、たらの芽や独活《うど》などの山菜が豊富で、天ぷらや和え物にして供した。新牛蒡やそら豆も美味しい時期だが、今頃の旬と言えば筍だ。

「筍の煮物も、味見してくださいましね。後で筍ご飯もお持ちします」

酒は結構いける口らしく、庚は周囲に勧められるまま盃を重ねる。きんぴらや煮物を少しつまんでから、つと皿を膝に置いた。

「こちらの長屋の皆さまは、何というか、他所とは少し違いますね」

思わずどきりとしたが、精一杯の作り笑いを返す。

「そうですか？　あけすけで騒々しくて、この辺の長屋はどこも同じようなものですよ」

「でも、他所者の私がいても、誰も気にされておりませんし、事情《いきさつ》を根掘り葉掘りきくような真似もなさいません。町屋の者は、もっと遠慮がないものと思っておりました」

「ああ、それでしたら、単に慣れているだけです。ふいのお客にも、加助さんの節介にもね」

庚という名より他は、皆には特に告げていない。ただ、加助が連れてきたと明かしただけで、誰もが納得ずくの顔をした。加助が親切で、予期せぬ客を招くことは茶飯事で、よくも悪くも長屋の衆は慣れている。

「それと……たぶんここの者たちは、よく知っているんです。誰にだって、人に言えないことの、ひとつやふたつはあると」

むろん、裏稼業のことだ。自分がされて困るだけに、無暗に身の上をほじくるようなことはしない。

もちろん詳しくは明かせない。それでも命を捨てようとした庚には、その思いやりが届いているのではなかろうか。脛に疵もつ立場であるのは、自分たちも同じだと、暗に伝えているのかもしれない。お縫には、そう思えた。

「でさ、庚申待って、結局何なんだ？」

「だから言ったろう。庚申さまを祀って、一晩中、夜明かしするんだよ。こうして酒食をともにしながらな」

となりの車座から、耕治の問いがとび、父親の庄治がこたえる。しかし庄治のすぐ傍で、可愛らしい声があがった。

「どうして一晩中、夜明かしするの？」

「どうして庚申さまを、お祀りするの？」

まったく同じ顔、同じ声で問いを重ねられ、庄治がたちまち往生する。庄治とおせきの娘たちで、耕治の妹にあたる双子だった。もとよりからだが弱く、そろってよく床に就くが、幼い頃よりはだいぶ丈夫になった。病弱だけに柄は小さいが、言葉は早く知恵もまわる。大人ですらこたえるに難しい問いを、ぽんぽんと容赦なく放ってくる。

「ええっと、ええっと、それはだな……」

「おまえたち、きく相手を間違えてるよ。そういう小難しいことは、差配さんか髪結いの旦那に伺わないと」

「おお、そうだぞ。おっかさんの言うとおりだ」

女房にこき下ろされたに等しいが、庄治は大きくうなずいて同意する。

あいにくと儀右衛門や半造も、双子の問いには難儀したが、幸いにもいちばん奥の車座からこたえが得られた。

「昔、何かの書物で読んだのだが……庚申待の由来は、道教にある守庚申《しゅこうしん》という行だそうだ」

涼やかな声で説いたのは、梶新九郎だった。代書屋を営み、長屋で唯一の武士でもある。やっとうの腕は冴えないが、学があり書物に明るい。

「庚申の夜に眠ると、人の体内《からだ》から、三尸《さんし》という虫が這い出すそうだ」

威勢がいいわりに存外怖がりな耕治は、びくりと身をすくませたが、双子の妹たちは、興味津々の顔をして、話の先を待ちかねる。

「三尸の尸とは屍《しかばね》のことでな、三尸の虫とは、要は悪霊のようなものだ。出てきた虫は天へと向かい、天帝にその者の罪過を告げる――。道教の道士たちは、虫が出てこぬように、不眠の行をなした。それが守庚申というわけだ」

「守庚申も三尸の虫も、この歳で初めてきいたよ。差配としちゃ面目ないな」

「いや、差配殿が知らぬのも無理はない。なにせ庚申が日本にもたらされたとき、この謂れは伝わらなかったからな」

庚申の日だけが、『庚申さん』として信仰され、守庚申の行は、いささか庶民的に形を変えて広まった。庚申の晩には、村中の者たちが集まって、寝ずに酒盛りをして夜を明かすとの風習だ。しかし時代が進むごとにその風習すら廃れてきて、いまの江戸では年配の者しか覚えていない。

「おれも初めてでやすが、庚申待たあ乙《おつ》なもんでやすね。廃れちまったのはもったいねえ」

「兄貴の言うとおりだ。どうせなら、ちょくちょくやりやしょうぜ」

「勘弁してくれ。終夜《よもすがら》がちょくちょくできるほど、こちとら若くねえんだ」

季物売りの兄弟に、半造が渋面を返す。絶妙な合の手で、どっと笑いが起きた。

お縫もそちらに気をとられていたが、ふと見ると、庚のようすが変わっている。口許を手で覆い、顔色は青ざめている。

「どうなさいました、庚さま。ご気分が、すぐれませんか？」

呼びかけに応えることなく、庚は何事か呟いている。耳を寄せると、かすかにきこえた。

「庚申の宵には、身の内から三尸の虫が……虫が己の罪過を告げる……私の罪も暴かれる……今宵のうちに、知れてしまう……殿さまにも、与四郎《よしろう》殿にも……」

酒の酔いもあるだろうが、明らかにようすがおかしい。両目がぼんやりと見開かれ、うわ言のような呟きがとめどなくこぼれる。

「庚さま、しっかりなさって！」

思わず声を張ると、ようやく焦点の定まった目が、お縫を捉える。

「加減がお悪いなら、二階でお休みくださいまし。いま、床を伸べますから」

「いいえ……眠ることなぞできません。眠ったら、きっと……」

庚は身をわななかせる。三尸の虫の話が、よほど恐ろしかったのか。あるいは、死にたいと願うほどの己の身の上に、何がしか重なったのか。どちらにせよ、別間で休ませた方が良さそうだ。

「お勝手で、水を一杯いただけますか」

二階座敷に上げるつもりでいたが、庚の所望で勝手に行った。庚は水を飲み、ほうっと息をつく。

「しばらくここにいても、よろしいですか？」

座敷からは相変わらず騒がしい声がきこえるが、こうして襖や廊下を隔てると、波のように静かな響きとなる。うなずいて、庚のとなりに腰を下ろした。だいぶ落ち着いたようだが、間違いが起こりそうで、ひとりにするのは怖かった。

黙っているのも気まずく、かと言って、庚の身の上にはおいそれと触れられない。話題に困った挙句、するりとそれが口をついた。

「うちの長屋には、善人長屋なんて二つ名があるんです」

「善人長屋……」

「加助さんが、まめに善行の種を拾ってくるもんで、長屋中の者が手を貸す羽目になって」

この二つ名は前々からだが、加助が越してきてから、よりいっそう磨きがかかった。

「あたしは、そう呼ばれるのが嫌でならなくて」

「どうしてです？」

「だって、善行ばかりの人なんているはずがないもの。誰の身の内にも、善と悪の両方があってあたりまえでしょ？　なのに間違いを犯せばひたすら責められて、善をなせば神仏のように褒めちぎられる。それって、気味が悪いと思いませんか？」

人間は本来、多面であるはずだ。木と同じように、日の当たる反対側には必ず影ができる。なのに人の一面だけを捉えて騒ぎ立てるのは、それが善であれ悪であれ、あまりに浅はかだ。

「だから三戸の虫は、誰の心の中にもいるはずです。怖がることなんて、ありません！」

精一杯の励ましは、伝わったのかもしれない。庚はうっすらと、微笑を浮かべた。

「一年前、跡継ぎの長男が病に罹って……医者はおろか、薬代すら我が家にはなく」

庚は視線を外し、竈《かまど》の下で仄《ほの》赤く光る熾火《おきび》をながめる。

「私は愚かにも、お金のために、悪事に手を染めました。それでも、悔いはありません。息子が助かったのですから」

「だったら、どうして……」

「息子が本復しても、悪事を働く連中に脅されて、手を切ることが叶わぬためです」

まるで底なし沼に、ゆっくりと沈んでいくようなものだ。このままではきっと、夫や家族に知られ、家名にも傷がつく。長男の将来にも障りとなり、何よりも、息子にだけは母の恥を知られたくはない――。庚は熾火を見詰めながら、そう語った。

「その悪党の名は？　あたしたちなら、お助けすることができるかもしれません」

「それは決して言えません……言えば、私の悪事も露見します」

「でも、このままでは……」

さすがは武家の妻だ。どんなに言葉を尽くしても、庚は白状しようとしない。

しかし意外なところから、声が返った。

「そいつは、山蛭《やまひる》の畝六《うねろく》じゃねえですかい？」

戸を開けて入ってきたのは、安太郎だった。その後ろに、手燭《てしょく》を手にしたお傚もいる。廊下からさす蠟燭《ろうそく》の灯りに、動顚する庚の表情が浮かび上がった。

「どうして、その名を……」

「こちらを……」

安太郎は膝を正し、板間に二枚の札を並べた。やはり先般の札を、安太郎は捨てずにおいたようだ。一枚は和泉式部、もう一枚は柿本人麿だった。安太郎は、和泉式部の札を示す。

「こいつはあっしが、たまさか手に入れやした。断っておきやすが、客ではありやせん」

「この札はいわば、割符《わりふ》ですね？　見知らぬ客と、落ち合うための」

お俊にも重ねられ、庚は顔を逸らした。他人に罪を暴かれて、恥ずかしくてならないのか、両手で襟《えり》をかき合わせる。

札そのものは、当世風俗百人一首として、何年か前に売られたカルタであり、畝六が割符代わりに、女や客に持たせていた。

お縫にもようやく、庚が犯したという悪事の仔細が見えてきた。歴とした武家の妻が、色を売る。それは二重の意味で、辱《はずか》しめを受けるに等しい。それでも庚は、後悔はないと言った。ただ息子の命を救いたい一心であった母心は、美しくもあり哀れでもあった。

「責めるつもりはありやせん。あっしの死んだ女房も、武家の娘でやすが、吉原に身を落としやした」

武家の出とは初耳だ。え、と小さく声をあげたが、静かにしろと、お俊に目で促される。

「と言っても父親は浪人者で、酒代のために娘を売るような、ろくでなしでやすがね。女房は苦労のしどおしでやしたが……それでも、最後まで心のきれいな女でした」

　安太郎の妻、お信のことはよく覚えている。身請けされた当初から病身であったが、いつも幸せそうに微笑んで、子供であったお縫らを迎えてくれた。

「奥方さま、死んだ女房に誓って、二度と畝六には手出しはさせやせん。だからどうか、御宅にお戻りくだせえ」

「手出しをさせないとは、どうやって？　何より赤の他人の私のために、厄介を被る謂れはないはずです」

「町人には町人の、やりようというものがございましてね。どのみち店子がもち帰った厄介は、長屋の皆で引き受ける。それが千《う》七長《ち》屋の身上でしてね」

「それが、善人長屋だと……」

　はい、とお俊は、鮮やかな笑みを浮かべた。


「庚さま、一年後でも構いませんから、きっとその着物を返しに来てくださいましね」

　翌朝、長屋を出ていく折に、お俊は念を押した。庚はお俊の着物を着たままで、まだ生乾きの着物は、風呂敷に包んでもたせた。

「また、間違いを起こしやしねえかと、心配でならねえ。やっぱりおれが送った方が……」

　加助はついていくときかなかったが、お俊に止められて断念する。

「庚さまなら、大丈夫だよ。女は存外したたかだからね。ね、庚さま？」

庚申待は、決して無駄ではなかったのかもしれない。うなずいた顔は、精進落としでもしたように、どこかさっぱりしていた。

木戸前で庚を見送って、加助と別れて家に戻ると、お縫は真っ先に儀右衛門にたずねた。

「おとっつぁん、山蛭のことは、どうやって？」

「いつものごとく、調べてくれたのは半さんだよ。安さんが妙に気にしていたからな、ちょいと探ってみたそうだ」

情報屋の半造にとってはお茶の子であり、ほどなく山蛭の畝六に辿り着いた。

素人娘や人妻を、客に斡旋《あっせん》するのが畝六の商売で、一度食いつけば、まさに蛭のごとく女につきまとう。

「そんなしつこい奴を、どうやって追い払うつもり？　何か良い考えが、あるのでしょうね？」

「いや、実はな、おれたちが手を出すまでもなく、畝六は早晩、尻に帆をかけて江戸を逃げ出すさ」

「どういうこと？」

「奴が引き込んだ素人娘のひとりがな、さる大親分の隠し子だったんだ。この大親分が鉄火肌で鳴らした御仁でな、喧嘩っ早い上にやることが荒っぽい」

「それじゃあ、もしも娘さんの難儀を、その大親分さんが知ったら……」

「ああ、畝六はきっと……」

話の途中で、儀右衛門が大あくびをする。

「すまない、お縫、店を開ける前に、少し寝かせてくれないか。さすがに夜どおしは応えてな」

「もう少しだけ、堪えてちょうだいな。おとっつぁんから、大親分にお知らせするの？」

「いや、そいつは半さんがな。ひと眠りしたら出掛けると、請け合ってくれた」

短気な大親分の耳に入れれば、畝六は半殺しの目に遭わされ、二度と江戸では商売ができなくなる。つまりは今日のうちにも片がつく、ということだ。

「要らぬところに、首をつっ込まねえのがおれたちの流儀だが、安さんに頭を下げられちゃあ、無下《むげ》にはできないからな」

「安おじさんが……」

安太郎が札をもち帰ってからさして日を置かず、半造は調べを終え、山蛭の畝六について語った。加助と違って、よけいな節介は慎むつもりでいたのだが、安太郎は「庚のためにどうか」と、ふたりに頼み込んだ。

「お俊にも加勢されちゃ、半さんも承知せざるを得なくて……」

そろそろ限界らしく、ふたたびあくびを返された。儀右衛門が寝間のある二階へと上がると、父の代わりに開店の準備をしながら、お縫は母にたずねた。

「ねえ、おっかさん、安おじさんはどうして、あの札にこだわったのかしら？」

「もしかしたら、あの札に描かれた武家の妻の姿が、お信さんに似ていたのかもしれないね」

「お信おばさんには、ちっとも似ていないと思うけど……だっておばさんは、いつも幸せそうににこにこして」

「あたしらは、安さんと一緒になった、お信さんしか知らないからね」

あの絵の妻女は、色気を纏いながら、どこか暗い影を感じさせた。吉原にいた頃のお信は、あのような風情だったのだろうか。

「そういえば、あの絵はむしろ庚さまに、少し似ていたような気もするわ」

安太郎は、あの札を手許に置き、そして庚と会ったとき、らしくない動揺を見せた。

「安おじさんは庚さまに、お信おばさんの面影を見たのかしら？」

「どうだろうねえ」

煙に巻くように母はこたえ、お縫もそれ以上はきかなかった。

黙ると急に目蓋が重たくなって、知らずに睡魔に引き込まれた。

白狐、ふたたび

「ねえ、おとっつぁん。どうしてお釈迦さまにお供えするお菓子に、いいいいはなくそなんてつけたのかしら？」

平たい餅《もち》菓子は真ん中が少し窪んでいて、そこに小豆餡《あずきあん》が載せてある。

しげしげと眺めながら、お縫は儀右衛門にたずねた。

「いいいい
「いただきならまだわかるけど、よりによってはなくそなんて」

「もとは花草餅だったと、どこかできいたな。それが訛《なま》って、花くそになったそうだ」

「どこでとって代わったのか知らないけど、やめてほしいわ。食べる気が失せるもの」

「食べないなら、おれがもらっておくぞ」

「食べないとは、言ってないでしょ」

手にした餅を、ぱくりと頬張る。新粉《しんこ》の風味と小豆餡の甘さが口の中に広がって、思わず目尻が下がる。

「よほど美味い、はなくそだったようだな」と、儀右衛門が苦笑した。

四月八日は、灌仏会《かんぶつえ》。釈尊の生誕日とされ、方々の寺で花祭りが行われた。

この餅菓子は、釈迦への供え物として境内などで売られ、戴餅《いただきもち》、または花くそと称した。

陰暦四月は夏の始まりで、日差しはきつくなっていたが、空気はからりと乾いている。牡丹や藤はそろそろ盛りを過ぎるが、躑躅《つつじ》や芍薬《しゃくやく》が見頃で、菖蒲なども咲き始めている。まさに花祭りと呼ぶにふさわしい季節だった。

戴餅は、嫁いだ娘と一緒に本所回向院《えこういん》へ行ったという、長屋のおかるが届けてくれた。

「名はともかくとして、美味しいわね。もうひとつ頂こうかしら」

「戴餅だけにかい？」

父に揶揄されながら、皿に手をのばす。だがその折に、縁の外から声がかかった。

「旦那、ちょいとお邪魔して、ようござんすか？」

狸に似た面相が、庭から覗いた。

「なんだ、半さんか。構わないよ、入っとくれ。ちょうど、おかるさんの土産を相伴《しょうばん》したところでね」

おかるの亭主の半造だった。半造はもうひとり伴っていて、その姿に、お縫がはずんだ声をあげる。

「巳助《みすけ》兄さんじゃない！　お正月以来、ちっとも顔を見せないんだから。もっとたびたび、通ってくれてもいいのに」

つい子供の頃の調子に戻って、不服そうに口を尖らせる。

「たびたびとは、いかなくてね。お縫ちゃんは、いつもながら達者なようすで何よりだ」

巳助は半造とおかるの息子だが、両親にはあまり似ていない。顎は丸みを帯びているが面長で、目尻が下がった穏やかな風貌だ。

人柄も優しく、お縫は幼い頃から、巳助兄さんと呼んで慕っていた。

「こいつが耳よりな話を拾いやしてね。わざわざ届けに来たもんで、旦那の耳にも入れておいた方がよいかと、お訪ねしたしだいでさ」

ふたりを座敷に上げて、お縫は茶の仕度をした。半造は畳に膝をそろえるなり、無駄口をたたくことなく儀右衛門に申し述べる。

「わざわざ知らせに来たってことは、うちの商い絡みかい？　もしや、どこぞの盗人が、捕まったってえ話じゃ……」

儀右衛門の表情が剣呑になり、にわかに声を潜める。

「いえ、たしかに盗人絡みですが、捕まったわけじゃなく、現れたって話でして」

「現れた？　新参てことかい？」

息子への問いを、半造がせっかちに奪いとる。

「旦那、白狐でさ。白狐がふたたび、江戸に現れたんでさ」

えっ！　と大きな声をあげたのは、お縫だった。半造の前に置こうとした茶碗の中で、茶が大きく揺らぐ。

「白狐って、あの白狐？」

「ああ、正月にお縫ちゃんに話した、あの白狐だよ」

お縫がその名をきいたのは、今年の正月半ばのことだ。

日本橋の商家の内儀が、根付を探して千鳥屋を訪れたが、その根付というのが、盗賊・白狐に関わる代物であった。

「そういや、お縫からそんな話を。おれとお俊が、留守にしていたときだったな？」

儀右衛門が首をまわし、お縫がうなずく。両親が蒲田にいる親戚の家に一泊したその折のことだ。

「白狐とは、懐かしいな。狐の札を残すのが粋《いき》とされて、いっときは江戸の町でたいそう評判になった。一年も経ずに消えちまったが、かれこれ十年は経つかね、半さん」

「へい、十二、三年前になりまさ」と、半造がこたえた。

「現れたのは、昔と同じ白狐で間違いないの？」

興奮気味にたずねたお縫に、半造は渋い顔を向ける。

「いやあ、同じかどうかは何とも。なにせ確かめようがねえからな」

「じゃあ、どうして白狐だってわかったの？」

「同じ札が、残されていたからさ。摺りも絵もまったく同じ、白狐の札がね」

巳助がこたえ、半造が懐から出した札を畳に置いた。

腰を落として前脚を立てた白い狐が、後ろをふり返る姿だが、長い尾と翡翠に似た青い目は忘れようもない。狐の頭上で半円を描く、ふさふさとした長い尾は雲か煙のようで、青い目と相まって化け狐さながらだ。

「あっしの客に、例繰方《れいくりかた》の旦那がおりやして。直々に札を検めたそうで」

例繰方とは、町奉行所の役目のひとつで、過去の判例集である「御仕置裁許帳《おしおきさいきょちょう》」の管理を主務とするが、吟味方が罪人から聞き取った調書は、必ず例繰方にまわされる。裁きを下す際、拠り所とするのは過去の判例であるからだ。昔、江戸を騒がせた白狐の札も、帳面の中に残されていた。

「青い目と、雲さながらの尾。姿も札の仕立ても、寸分違わないと断じやした」

巳助はまわり髪結いをしており、主な客は町奉行所の与力・同心である。その情報は、半造を通して裏社会へと流される。とはいえ、客から得た話をそのまま語るようでは、早晩足が付く。どの情報を、誰にどこまで伝えるか。按配こそが勘所となり、親子で十分に吟味する。

「いつ、どこに盗みに入ったの？」と、お縫が勢い込む。

「三月初めに、五間堀《ごけんぼり》にある武家屋敷に現れてな。このひと月のあいだに何と十軒だ」

「十軒！　ずいぶんと働き者の盗人ね」

お縫は目を丸くして、つい皮肉を口にしたが、儀右衛門は渋い顔をする。

「五間堀とは、すぐ近くじゃないか」

「さいでさ、旦那。とばちりが来ねえとも限らねえし、およばずながら知らせに上がったしだいでさ」

竪《たて》川と小名木川を繫ぐ堀は何本かあるが、いちばん隅田川に近いのが六間堀《ろっけんぼり》である。五間堀とは、六間堀の中程から東に向かって延びた水路で、二ヶ所で大きく折れ曲がり、稲妻形をなしている。

今回、狙われた十軒はすべて、五間堀の東側にあたる屋敷だという。

この深川山本町は、小名木川の南にあたり、父や半造が懸念するとおりかなり近い。

「十軒も入られたのなら、噂になってもいいはずなのに」

「そりゃあ、お縫。お武家が盗人に入られたなぞと、騒ぎ立てるわけにはいかんだろう」

父の言い分に、なるほどと合点する。ただ儀右衛門にも、腑に落ちないことがあるようだ。

「だが、あの辺のお武家は、こう言っちゃなんだが、たいした物持ちはいねえだろう。何だってわざわざ、そんな場所でお勤めを？」

「おとっつぁん、お勤めだなんて。その言い方はやめてちょうだいな」

「すまんすまん、ついうっかりな」

お縫に睨まれて、儀右衛門が首をすくめる。仲間内の気安さで、隠語のたぐいが口をついたようだ。

「白狐は、いったい何を盗んで行ったんだい？」

「実は、何も盗まれていねえそうでさ」

「何も？　どういうことだい？」

儀右衛門がきょとんとして、巳助に問い直す。

「ただ、門を入った屋敷の玄関外に、白狐の札が貼られていたと」

「それだけ？」

ああ、とお縫に向かって、巳助がうなずく。

「それって、ただの悪戯じゃないの」

「だが、悪ふざけにしては念が入っていてな。札には怨《うら》みの『怨』の字が、朱で大書されていたそうだ」

「いやだ、今度は怪談話？」お縫が身震いする。

「札を貼ったのが、昔の白狐と同じ者かどうか、何のためにそんな真似をするのかも皆目わからねえ。それでも夜のうちに塀を越えて、賊が忍び込んだのはたしかだ」

「お武家だけに、どこの家もひた隠しにしていたようだが、十軒も立て続けとなると、さすがに雇人なぞの口から広まるものさね」と、半造がにやりとする。

やがて巳助の通い先である、定廻《じょうまわり》同心の耳にも届いたようだ。さりとて盗みの被害はなく、侵入を受けた家からは何の訴えもない。もとより武家の事件は町奉行所の職掌外になるが、かつて世間を騒がせた盗人がふたたびとなれば、手をこまねいているわけにもいかない。とりあえず五間堀沿いの見廻りを、増やすことにしたとの情報を巳助は得た。

「あっしの方でももうちっと探ってみやすが、騒ぎが落ち着くまでは気をつけるよう、長屋の者たちにも釘をさしておくんなせえ」

「心得たよ、半さん。巳助さんも、わざわざすまなかった」

ひとりを除く店子のすべてが、裏稼業持ちの千七長屋にとって、この手の情報は何より貴重だ。差配を務める儀右衛門は、ねんごろに礼を述べて親子を帰した。

「ねえ、おとっつぁん、『怨』と朱書きした札を残すなんて、白狐は、何のためにそんな真似をしているのかしら？」

「さあな。もとより本当の白狐かどうかも怪しいしな」

「文字通りに捉えるなら、相手を怨んでいるってことでしょ？」

十軒となると、悪戯にしては念が入っている。その十軒を、総じて怨んでいるというのか。それとも、そのうちの誰かだろうか。

「もしかして、怨みを向ける相手が、絞りきれてないってことじゃ？　だから手当たりしだいに札を貼って、試しているのよ」

「お縫、その辺にしておけよ。首をつっ込んでも、いいことはないからな」

父親に忠告されずとも、お縫もわかっている。それでも儀右衛門が出ていくと、ついため息がこぼれた。

「本当なら、あの人にも、教えてあげたいな……白狐が現れたって」

白狐と縁があったという内儀の顔を、お縫は思い出していた。

「加助さん、葛籠《つづら》問屋の上野屋さんを覚えてるでしょ？　ご主人やお内儀には、あれから会った？」

昨日の白狐の話が、未だに頭から離れない。ともに小名木川沿いを歩きながら、ついお縫はたずねていた。

加助とは木戸前で会い、行先は違うが方角は同じだ。お縫は乾物を買いに出て、加助は客先に出向くところだという。

「上野屋さんなら、この前南大工町を通りがかった折に、立ち寄って挨拶したよ」

「おかみさんのごようすは？　以前はずいぶんとやつれていなすったから」

「顔色もすっかりよくなって、達者にお暮しだったよ。旦那さんとも、以前にも増して睦まじくてね」

人の好い顔を、嬉しそうにほころばせる。

内儀が半病人のようになって探し回っていたのは、簞笥の引出しからいつのまにか消えていた根付である。札の白狐とまったく同じ姿形で、白くしなやかなからだと、頭上にいただいた雲のような尾は象牙でできており、目には翡翠のような石が嵌まっていた。

上野屋の内儀であるお逸は、まだ娘であった頃、盗賊・白狐に出会い、その根付を与えられた。不思議なめぐり合わせだが、お逸にとっては命の恩人であり、根付は大事な護符となった。

「根付が見つかってよかったよ。おかみさんにとっては、よほど大事なものだったんだね」

探し出したのは加助だが、まさか盗賊からもらったとは、夢にも思うまい。お逸からきいた根付の由来も、加助にだけは伏せていた。

「あら、見て、加助さん。もう、心太《ところてん》の屋台が出ている。夏が来たって気がするわね」

橋のたもとに赤い幟《のぼり》を見つけ、お縫がはずんだ声をあげる。

「砂糖をかけた心太は、大好物なの」

「おれは醬油が好きだが……よかったら、食べていくかい？　日頃のお礼にご馳走するよ」

大喜びで、加助の厚意に甘えることにする。砂糖と醬油をひとつずつ頼むと、尻っ端折りをした心太売りは、四角い筒型の道具を手にする。筒先には金網が張ってあり、心太を入れて棒で突くと、細長い糸となり器に押し出される。

「へい、こちらさんは醬油で、お嬢さんは砂糖でしたね」

今年初めての心太に、顔がほころぶ。満面の笑みで鉢を受けとったとき、頭の後ろから声が降ってきた。

「醬油の心太たあ、懐かしい。子供の頃に、食べたきりだ」

驚いてふり向くと、すぐ傍に男の顔があり、思わず身を引いた。

「ああ、すまねえ。脅かすつもりはなかったんだ。醬油の心太は、江戸でしかお目にかかれねえから、つい懐かしくて」

長身の若い男で、悪気はなさそうだ。上方の心太に醬油はなく、砂糖一択だと言い訳ぎみに語った。

「色男のお兄さんも、いかがです？　お作りしやすよ」

「じゃあ、一杯もらおうか。もちろん、醤油がけでな」

心太売りが口にしたとおり、たしかにかなりの美男だ。ただ着物が少々派手で、髷の形も少し変わっている。堅気の商売ではなさそうだ。

屋台の脇に据えられた床几に、加助と並んで腰を下ろし、お縫は甘い心太をすする。

「あの若い人、どっかで見たような気がしてならなくて」

「加助さんのお知り合い？」

「いや、そうじゃねえんだが、どうも覚えがあって……」

じいっと穴があきそうなほど、男の横顔を見詰める。心太の器に醤油をかけて、あいよ、と店主が差し出した。銭を払って鉢を受けとり、床几には座らず、立ったまま細長い心太をすすった。

「うーん、つるりとした心太に、きりりとしたこの辛さ。たまらないねえ！」

端整な顔立ちが弛み、幸せそうに顔がほころぶ。

突然、お縫の耳許で、素っ頓狂な叫び声があがった。

「丹《たん》坊！　おまえ、丹坊じゃねえか？」

心太を頬張ったまま、男がふり向く。喉の奥に心太を押し込んで、口を開いた。

「丹平《たんぺい》は、たしかにおれの実の名だが……」

「覚えてねえかい、加助だよ！　ほれ、浅草寺《せんそうじ》の前で出会って、一緒に心太を食べたじゃねえか！」

「心太を……？」

昔の記憶をたぐるように、手にした器の中を見詰める。加助は立ち上がり、自分よりも丈の高い男を見上げて涙ぐむ。

「こんなに立派になって……足もすっかり治ったようだな。あの頃は小さくて、おれに負《お》ぶさっていたのになあ」

心太のように、ふよふよと透明だった記憶に芯が通ったのか、男がはっと目を見開いた。

「おいちゃん……加助のおいちゃんか！　あんとき、おれを助けてくれた！」

「思い出してくれたか！　こんなところで丹坊と、また会えるなんて。神仏のお導きに違いねえや」

互いに抱き合って、再会の喜びに浸るふたりをながめて、お縫は独り言《ご》ちた。

「お助け談は、加助さんにはいつものことだけど……昨日今日と、ふたたびが続くわね」

「改めまして、あっしは山吹《やまぶき》一座が看板役者、水之井桔梗大夫《みずのいききょうだゆう》と申します。よろしくお見知りおきを」

口舌はくっきりと滑らかで、押し出しが良く、まとう雰囲気も華やかだ。

「惚れ惚れするような、男前じゃないか。役者なら合点がいくね」

お俊がめずらしく手放しで褒めて、となりにいる儀右衛門がちょっとむっとする。

客先へ出向くのは後回しにして、加助は千七長屋に丹平を連れていき、お縫の両親に引き合わせた。

「山吹一座って、きいたことがないけれど」と、お縫が小首を傾げる。

「津々浦々をまわる、旅の一座でやして。江戸には二年に一度ほど、両国広小路に小屋掛けしていたんでやすが……」

座頭《ざがしら》の山吹柘植之丞《つげのじょう》が、三月《みつき》前に名古屋で亡くなって、一座は解散したと残念そうに告げる。派手な気配がたちまち失せて、まるで捨てられた子犬のように、しょんぼりと肩を落とす。歳は二十三ときいたが、子供っぽくも見える。

「いい座頭でやした。芸に一途で、人柄も優しくて。ただ銭勘定には疎くて、おかげで一座は、いつも金に汲々《きゅうきゅう》としてやしたが……毎日が楽しかった」

思い出を懐かしむように、ふっと微笑した。

旅の役者や芸人は、ひと月からふた月のあいだ興行し、また別の土地へと移っていく。江戸では両国広小路や浅草寺の裏手に、この手の小屋が多かった。

「その柘植之丞さんが、あっしに錠前を手ほどきした、親方の幼馴染でやしてね。その縁で丹坊を、山吹一座に預けることにしたんでさ」

「柘植の座頭に出会えたのも、おいちゃんの、いや加助さんのおかげでさ。その恩人の顔を忘れちまったとは面目ねえ」

申し訳ないと、加助に向かって頭を下げる。調子のいい男だが、素直な気性のようだ。

「あんとき丹坊は、十かそこらだろ？　忘れていても無理はねえさ」

加助はにこにこと、人の好い笑顔を広げる。

「あの頃はまだ、下谷の親方のもとで、お礼奉公の最中だった。浅草寺にお参りに行って、その帰りに丹坊と出会ってね」

「加助さんが節介を焼いたということは、もしかして、何か困った目に遭っていたんじゃ？」

お縫の推測に、こくりと丹平がうなずく。

「そのとおりでさ。痛めた右足を引きずって、ひとりで街をさまよっていた。物乞いの餓鬼《がき》に近いありさまで、どこでも邪険にされて……」

「あの頃の丹坊を思い出すと、いまでも涙が出てくるよ。不自由な足で、生き別れた姉さんを探していてね」

「お姉さん？」

「本当の姉ちゃんじゃありやせん。それより前にいた一座で、姉弟のように育ったんでさ」

「そんな小さな頃から、旅の一座に？」

「五歳かそこらで、旅芸人に売られたもんで、郷里《さと》がどこかすら覚えていやせん。まあ、芸人にはそういう手合いが多くてね。めずらしい話じゃねえんでさ」

お縫の同情めいた眼差しを払うように、さらりと語った。

「だが、丹坊の最初の座頭ってのが、ひどいお人でね。稽古で怪我をした丹坊を、陰間《かげま》茶屋に売ろうとしたんだよ」

「ひどいわ！　人でなしじゃないの！」

お縫の鼻息が、いきなり荒くなる。陰間茶屋は、年端《としは》のいかない男の子が、客の相手をする。長屋の住人にも、似たような境遇の者がいるだけに、他人事とは思えないのだ。

「でも一座が江戸を離れる前に、姉ちゃんがおれを連れて逃げてくれて。それから十月《とつき》ほどは、ふたりでおりやした」

浅草寺に近い寺の境内に古びた堂があり、その縁の下で雨露を凌いでいたという。

「お姉さんは、いくつだったんだい？」お俊が気遣わし気にたずねた。

「十七でやした。おれはまだ、歩くこともままならなくて。姉ちゃんが時々働きに出て、おれを養ってくれやした」

「苦労しなすったんだねえ」と、お俊が声を落とす。

「おれは考えなしのガキでやしたから。姉ちゃんさえいれば、それでよかった。だから帰ってこなかったときは、本当に怖くて……」

「それでお姉さんを探しに……」

縁の下から這い出て、境内に落ちていた木の枝を杖代わりに街に出た。そのときの心細さを思うと、お縫の目にも涙が滲む。

「おれが丹坊をおんぶして、三日のあいだ浅草はもちろん、両国界隈まで探したんですが、見つけることができなくて……」

何日かかろうと、加助は探し続けるつもりでいたが、他ならぬ錠前師の親方が、弟子を止めた。

『家もねえありさまで、十月ものあいだ弟のために頑張ったんだ。まだ十七の娘なら、ふいに嫌気がさしちまっても、責めることなぞできねえよ』

姉は弟を置き去りにして、ひとりでどこかへ行ってしまった。親方もまわりの大人も、そう解釈し、残された弟に因果を含めた。

『姉ちゃんは、おれを置いていったりしない！　必ず帰るって、今度の仕事が終わったら、ちゃんとした家を借りて、一緒に暮らそうって言ってたんだ！』

丹平だけは姉を信じ、そう言い張ってきかなかった。その言い分にうなずいた者が、加助の他にもうひとりいた。江戸に興行に来て、錠前師を訪ねてきた山吹座の座頭であった。

『姉ちゃんは、おまえを置き去りにしたわけじゃねえ。きっと、ひと足早く旅に出たんだ』

『旅に……？』

『旅暮らしの者にとっては、江戸は狭すぎるからな。街道で、おまえを待ってるかもしれねえよ。ひとつ、おれと一緒に探しに行かねえか？』

同じ旅芸人である柘植之丞の誘いは、子供心にも響いたのかもしれない。ひと晩考えて、丹平は承知した。まだ、怪我が治っていないのに、と加助は案じたが、当面は荷車に乗せていくから心配はいらないと、柘植之丞は請け合って、錠前師の親方も承知した。

「おれはその翌年に、お礼奉公を終えて下谷を離れたから、丹坊とはそれっきりになっちまって……そういや丹坊、お姉さんは？」

いえ、と、ゆるりと首を横にふる。

「そうか……いや、こうしておれたちだって会えたんだ。生きていればきっと、いつかめぐり合う日も来るさ」

加助の慰めに、あいまいな笑顔を向けた。

「会えなかったけど、ひとつだけ、わかったことがあるんでさ。姉ちゃんはやっぱり、おれを置き去りにしたわけじゃなかった。やむにやまれぬ理由《わけ》があった。江戸に来て、そいつが知れたんでさ」

「お姉さんの手掛かりが、見つかったってことだね？」

「へい、十二年ぶりに、ようやく……」

男の瞳の中に、一瞬、影のようなものがよぎった――。お縫にはそう見えて、思わず首筋に手を当てた。首の裏が、すうすうする。お縫の培った勘が、何かをささやいたのだ。

「すいやせん、すっかり長居しちまって。そろそろお暇《いとま》しまさ」

「宿はあるのかい？」と、加助が案じ顔を向ける。

「へい、浅草寺裏に小屋掛けしてる一座に、厄介になっておりやして。方々の土地でよく行き合って、顔馴染みなもんで」

案外行儀よく暇の挨拶をして、丹平が腰を上げる。

「ひとつ、きいていいかい？」

会話にはさほど加わらなかった儀右衛門が、客を引き止めた。

「おまえさんと姉さんが一緒にいたのは、何ていう一座だい？」

丹平が、虚を衝かれた顔をして、一時、黙り込んだ。それからへらりと、作り笑いを返す。

「忘れやした。たいしていい思い出がねえもんで」

「そうか……不躾《ぶしつけ》だったらすまない。姉さんを探しているなら、おれたちにも何か手伝えるかもしれないと思ってね」

言い訳のように儀右衛門が告げて、痛み入りやす、と丹平は頭を下げた。

「また必ず、遊びに来てくれな。おれにとっちゃ、いくつになっても可愛い丹坊だからな」

「可愛いはよしてくれよ、おいちゃん」

何度も念を押す加助に、子供のような笑みを残して丹平は去った。

「おとっつぁん、どうしてあんなことをきいたの？　一座がどうとかって」

外まで丹平を見送って、改めて客先へ向かう加助と別れて家に戻ると、お縫は父にきいてみた。

「十二年前と言ってたろ？　その当時、半さんからきいたことを、ふいと思い出してね」

「半おじさんから何を？」

「白狐と名のつく、一座があったと」

え、とお縫とお俊が、一様にびっくりする。

「白狐の騒ぎが起きて、真っ先に名が挙がったんだが、盗賊が出始めた頃、一座はすでに遠国で興行していたそうだ」

江戸町奉行所の役人が、わざわざ遠地に足を運んで確かめたが、関わりなしと判じられた。

「半さんなら、もう少し詳しく知っているはずだ。ちょっときいてくるよ」

儀右衛門がめずらしく、せっかちに髪結店に向かい、お縫はまた、首筋に手を当てた。

「おまえも何か、胸騒ぎがするのかい？」

問うた母に、あいまいな表情を向ける。

「わからないの。悪党では、ないような気がする。なのにどこか、危うい気がしてならなくて」

「危ういとは、言い得て妙だね。あの人は形《なり》は大きくとも、中身は案外、加助さんに助けられた、丹坊のままかもしれないね」

千鳥屋一家がそれぞれに感じた、不安に近い危うさは的中した。

数日後の夜明け前、ふいに訪れた丹平は、背中に傷を負っていた。

「どうしたんだ、丹坊、この傷は！」

加助が真っ青になって問いただす。うつ伏せに寝かされた丹平は、脂汗をたらしながらも、へへ、と笑ってみせた。

「ちょいと、鈍智《どじ》を踏んじまって。居酒屋で喧嘩沙汰を起こして、相手の浪人に斬られたんでさ」

「いま、医者を呼んでやるからな。頑張れよ、丹坊。頼むから、死ぬんじゃねえぞ！」

「あんな鈍刀《なまくらがたな》で死ぬものか。たいした傷じゃねえやな」

丹平は強がり、夜が明けてから駆けつけた医者も、傷は浅いと告げて加助を安堵させたが、少々渋い顔をした。

「右肩から左腰にかけて、真っ直ぐに入っているから、侍のつけた刀傷に間違いない。酔った浪人者がつけたにしては、腰の入った一太刀だ」

儀右衛門は今回あえて、馴染みの医者たる宋縁には頼まなかった。丹平のようすは尋常ではなく、刀傷も気掛かりだ。物騒な胸騒ぎを覚え、そんな折にはもうひとり、声をかける町医者がいた。

この町医者は、腕はそこそこ良いのだが、良くも悪くも事なかれを通す。裏稼業持ちがそろう長屋にとっては、その辺りが逆に使い勝手がよく、折にふれて頼んでいる。

「侍が関わると、よけいな手間暇がかかる。面倒事にはならんだろうな？」

「むろん、先生にご造作をかけることは決して。いつものごとく、加助絡みですから」

儀右衛門は心得顔で、多めに診療代を包んで医者を帰した。

加助が怪我人や病人を、自分の長屋に運び込むのは、たしかにいつものことだ。

昼前にお縫が覗きに行くと、加助と、その弟子の耕治が床の脇に座っていた。

「丹平さんの具合はどう？」

「熱が出てきたみてえでな。うつらうつらしながら眠っちまった」

「そろそろ、お薬が出る頃だから、あたしが行ってきましょうか？」

「いや、先生のところにはおれが行くよ。お縫ちゃん、すまねえが、そのあいだ頼めるかい？」

加助と交代し、耕治と並んで座る。

「さっきまで、ずいぶんと痛そうで。いましがた、ようやく眠ったんだ」

丹平は両の腕を手枕《てまくら》にしてうつ伏せになり、目を閉じている。たしかに眠っているようだが、肩が上下して息は浅く、額には汗が浮いている。お縫は水で濡らした手拭いで、横を向いた顔や首筋をそっと拭ってやった。

「お縫姉ちゃん、ちょっといいか？　親方がいないうちに、見せてえものがあるんだ」

「見せたいものって？」

耕治は丹平が眠る布団の下に手を突っ込んで、一枚の紙片をお縫に見せる。目にしたとたん、お縫は思わず声をあげた。

「この札は、白狐の！」

しっ、と耕治が口に指を当て、床にちらりと目をやる。丹平はかすかに眉間をしかめたが、目を覚ますことはなかった。

ほっと息をつき、渡された札を、改めて確かめた。

ふり向いた姿、青い目、雲のようなふさふさとした尻尾。三月前に見た根付と、まったく同じ絵柄だった。声を潜めて、お縫が問う。

「これを、どこで？」

「この兄さんの、懐から」

え、と二度驚いて、まじまじと丹平を見詰める。

「親方と着替えをさせたとき、何かが落ちて。拾ってみたらこいつだった。親方には見せねえ方がいいかと、急いで隠したんだ」

「耕ちゃんも、知ってたの？」

白狐を、とはあえて言わなかったが、耕治はこくりとうなずいた。

「ついこの前、父ちゃんと半おじさんが話してたんだ。昔、そういう賊がいたって」

先日の丹平の来訪の後、儀右衛門は半造を訪ねていった。白狐について、より詳しく知るためだが、半造は改めて調べてみると請け合った。耕治の父の庄治なら、何か覚えているかもしれないと踏んだのだろう。庄治の裏稼業は、白狐と同じ盗人であるからだ。

「青い目に雲の尾の狐。札を残すなんて、粋じゃねえか。父ちゃんみてえなこそ泥とは、えれえ違いだ」

「ちょっと、耕ちゃん、その言い方は……」

「本物の盗賊ってことだろ？　この兄さんが、そうなのか？」

耕治の目が、きらきらしている。お縫は頭を抱えたくなった。

「それなら何としても、匿《かくま》ってやらねえと。もちろん、うちの親方には内緒にした上でだ。傷が癒えたら、おれを子分にしてくれねえかな。錠前を破る腕もだいぶ上がったからよ、きっと役に立つと思うぜ」

「馬鹿なことを言わないでちょうだい。いい？　加助さんの前でもこの人の前でも、白狐のしの字も出しては駄目よ」

「お縫姉ちゃん、出ちまってるぞ」

耕治に返されて、あ、とお縫は自分の口をふさいだ。


「おとっつぁん、札をもっていたということは、丹平さんが白狐なのかしら？」

耕治とのやりとりを知らせると、儀右衛門は顎を撫でながらうなずいた。

「かもしれねえな。少なくとも、その目が高くなった」

「もしやあの傷は、捕方につけられたんじゃ？　五間堀沿いの見廻りを増やすと、半おじさんが言ってたでしょ？」

「いや、それはない。半さんが確かめてくれたよ」

捕方が出張《でば》るわけでなく、近くの自身番屋に夜廻りを増やすよう達しただけだという。

「大泥棒が出たわりには、ずいぶんと及び腰なのね」

不満そうに口を尖らす娘に、儀右衛門が苦笑する。

「おそらく当の武家から、騒ぎにするなと請われたんだろうよ。いまのところ盗みはしてねえし、町奉行所としても動きようがねえしな」

「だったらあの傷は、いったいどこで？　この近くで負ったとしたら、やっぱり五間堀が怪しいと思うの」

喧嘩沙汰との言い訳を、鵜呑みにするつもりはない。怪我をした丹平は、浅草寺裏の塒に帰らずこの長屋に来た。加助の人柄を頼みにしたとも言えようが、あのからだでは長くは歩けない。斬られた場所は、ここからそう遠くないはずだ。

「いっそ正面切って、きいてみましょうか。うちの長屋のことを明かして、その上で白狐の札を見せれば、素直に白状するかもしれないわ」

「それはどうかな。あいつが守りたいのはてめえじゃなく、姉さんだろうからな」

「おとっつぁん、どういうこと？」

「先頃出てきた白狐は、あの丹平かもしれない。だが、十二年前の初代白狐は、おそらくあいつの姉さんだ」

「白狐が、丹平さんの……？」

驚くお縫に向かって、そう考えれば辻褄《つじつま》が合うと、儀右衛門は言った。

「前に言ったろ、白狐と名乗る一座があったと。白狐一座は、軽業師《かるわざし》の一座だったんだ」

半造が詳《つまび》らかにした仔細を、儀右衛門は娘に語った。

牧谿の猿

「白狐一座……」

呟いたお縫に向かって、儀右衛門はうなずいた。

「ああ、二十人ほどの軽業師を抱える、旅芸人の一座でな」

お縫も子供の頃、両国広小路なぞで軽業芸を見たことがある。ぴんと張った綱の上で、宙返りやとんぼ返りをしたり、二階屋よりも高い竹竿の先で、逆さになって桜吹雪を披露したり。その見事な芸にはいつだって目を見張り、胸が高鳴ったものだが、丹平やその姉が演者だったと知ると、別の側面が見えてくる。

「怪我をした丹平さんを、一座から外して茶屋に売ろうとしたのも……」

「ああ、芸ができなきゃ、軽業一座では使い物にならんからな」

「それでもひどい！　一座はいわば身内でしょ？　なのに見捨てるなんて」

「ことに白狐一座は、見目のいい女子供が多くてな。だが、そう長くは抱えない。男女を問わず、二十代半ばでお払い箱にして、また新たに雇い入れていたそうだ」

「それじゃあ、まるで色街じゃないの！」

お縫が憤慨し、まったくだ、と儀右衛門も渋い顔で相槌を打つ。

目方が軽く、軽業芸に切れがあり、何より華やかだ。その理由で、若い女や子供が多く、一方で旬が過ぎれば使い捨てにする。わずかな銭で子供を売る親は、掃いて捨てるほどいるから、代わりはいくらでもいる。

狡猾で阿漕な座頭のやり口に、むかっ腹が立ってならず、同時に、そんな男の許にいた姉弟の哀れが、いまになって身にしみた。軽業の修練は過酷で、危険も伴う。丹平の怪我も、そのためであろう。だからこそ同じ境遇にある者同士、肩を寄せ合い慰め合って、実の姉弟以上の絆が築かれたに違いない。

「姉弟ふたりで一座を逃げて、どこぞの堂の縁の下で十月ほど過ごしたと、丹平の身の上話にあったろう？　勘定すると、白狐が出没した頃合と、ぴたりと符合するんだ」

加助は丹平と出会い、消えた姉をともに探した。ちょうど白狐の噂が、江戸から途絶えた時期と同じで、それまで白狐は、およそ十月のあいだ江戸を騒がせ、まるで煙のように消えてしまった。

「一座を逃げて十月のあいだ、盗みで食い繋いでいた。そう考えれば、しっくりくるだろ？」

弟は怪我で動けず、身許の定かでない十七の娘を、まともな仕事で雇ってくれる場所なぞどこにもない。軽業しか知らない娘が、切羽詰まって盗みに手を染めたとしても無理からぬ話だ。

「もし、初代の白狐がお姉さんで、二代目が丹平さんだとすると……姉さんの跡を継ぐつもりなのかしら？」

「いや、そこんところがどうも、ぴんと来ない。五間堀の辺りだけを狙うのは妙だし、何より今回の白狐は、一度も盗みを働いてねえしな」

そうよねえ、とお縫も首を傾げてしばし考えた。

「姉ちゃんは、おれを置き去りにしたわけじゃなかった。やむにやまれぬ理由《わけ》があった……最初にここに来たとき、丹平さんはそう言ったわよね？」

「まあ、そんなことを言ってたような気もするが。それが何だ？」

「姉さんの手掛かりが摑めたってのに、丹平さんは喜んではいなかった。それって、おかしくない？」

それどころかあの一瞬、丹平の瞳の中に影がよぎったように思え、お縫の首の裏が冷たくなった。何かよくないものだと、お縫の勘が感じとったのだ。

「姉さんが白狐だと知って、がっかりしたとか。そんなところか？」

推測を口にしながらも、儀右衛門もまた、どこか腑に落ちない表情だ。

「お姉さんが、いいえ、白狐が消えたのが、五間堀だった——。それなら、どう？」

「逃げるとき、五間堀にとび込んだとでもいうのかい。まあ、なくもねえが……だったら東っ側の方々の武家に、白狐の札を貼ったのはどういうわけだい？」

「探しているからよ。お姉さんか、あるいは姉さんに関わる誰かを」

「あの辺の武家に、姉が身を潜めているとでも？　まあ、そいつもあり得る話だが」

お縫の首筋が感じたのは、紛れもない不穏の気配だ。あの一瞬の丹平の顔が、ふたたび脳裡をよぎり、それを父に語った。

「あれは、憎しみだった……そんな気がするの」

「憎しみか……もしも姉さんに向けてなら、何とも切ないな」

「お姉さんではないはずよ。だって言ってたことと辻褄が合わないもの」

置き去りにしたわけでなく、やむにやまれぬ理由があった——。

「やむにやまれぬ理由って……亡くなったってことじゃ……」

父が驚いた表情で、娘を見詰める。少し間をおいて、用心深く口を開いた。

「あくまでたとえ話だが……盗みに入った先で、五間堀辺りの侍に斬られたってことも」

「それを恨みに思って、相手を探し出した挙句、敵《かたき》討ちをしようと？」

「だが、返り討ちに遭って、傷を負わされた……」

思わず親子がうなずき合う。単なる推測に過ぎないが、すべての欠片を漏れなく組み上げると、その形が出来上がった。

「屋敷に忍び込んだ賊を斬ったとしても、責められねえな。面倒を嫌って、堀に仏を沈めたか……たしかに身内としちゃ、酷い話だが」

「気持ちはわかるけど……でもそれじゃあ、逆恨みだわ」

孤独は人を、暗い思惑へと誘い込む。大事な人を喪えば、なおさらだ。

親代わりだった山吹柘植之丞を亡くし、拠り所を失い、死んだ姉に思いを馳せたのか。

「今度のことで、諦めてくれるとよいけれど……」

「あの加助さんが、傍にいるんだ。うるさくて辟易するほど、まっとうな道を説いてくれるだろうよ」

儀右衛門はちょっと迷惑そうに、苦笑いを浮かべた。


「唐さん、文さん、おかえりなさい。ね、ちょっと話があるの」

翌日の午後、季物売りの兄弟が商いから戻るのを待ちかねて、お縫は長屋を訪ねた。

「何だよ、お縫坊。今日は菖蒲太刀売りで、へとへとなんだぞ」

菖蒲太刀は、端午の節句のための飾刀で、四月中旬から市中で売り歩く。中身は木刀の玩具とはいえ、鞘や柄は赤や青、紅白の縞柄などもあり、いずれもこってりと飾り立ててある。華やかな色柄が目立つよう、箱型の刀差しに並べて売るのだが、箱を前後にぶら下げた天秤棒が存外重く、小柄な文吉にはきつかったようだ。

「いま加助さんがお世話している、丹平さんのことで、力を貸してほしいのよ」

名を出したとたん文吉は、何故か不機嫌になる。

「色男ときいて覗きにいったが、たいしたことはねえじゃねえか。やっぱりおれのおもんの方が上手だな。おれの場合は、色男じゃなく色女だけどな」

「いったい、何の話をしてるのよ」

「色男が長屋に逗留しているときいて、文は気が気じゃねえんだよ。張り合う理由《わけ》があるからな」

文吉の後ろにいた兄の唐吉が、笑いをかみ殺しながら口をはさむ。

「兄貴は黙っててくれ。何の話か知らねえが、あいつに力を貸す謂れなぞねえからな」

「丹平さんが、白狐だと言っても？」

え、と兄弟が、驚きの表情を同時に向ける。

「あいつが、白狐だと？　本当なのか、お縫坊」

「あたしとおとっつぁんは、そう見当しているの」

「儀右衛門の旦那が仰るなら、単なる当てずっぽうじゃねえんだろ？」

唐吉にうなずいて、お縫は昨日、父とかわした話を兄弟に語った。

「そっか、あいつにも姉ちゃんがいたのか。ちっとばかり、気持ちはわかるよ」

さっきまで反感を露わにしていた文吉が、にわかに同情を寄せる。兄弟仲がいいだけに、姉のために無茶をする心情が察せられるのだろう。

「で、儀右衛門の旦那は何と？」

「おとっつぁんは、ひとまずは様子見だと」と、唐吉にこたえた。

白狐かと、丹平に直に問うても白状するはずもなく、まだはっきりしないものの、もしも仇討ちを考えているのなら、よけいに物騒だ。裏稼業もちの長屋とはいえ小悪人ばかりだから、腕に覚えのある侍に、太刀打ちできそうな者はひとりもいない。

「でもね、傷が癒えたら、また無茶をしそうで……丹平さんにもしものことがあったら、誰よりも加助さんが悲しむ。その顚末だけは、辿らせたくないの」

十二年ぶりにめぐり会った少年が、ふたたび自分を頼ってくれたのだ。いま身近にいるだけに、加助にとってはすでに身内も同然。万一のことがあれば、きっと加助は自分を責める。

「他人への親切が、どれほど大変なことか。たびたび加助さんにつき合わされて、あたしも身をもって知ったわ」

時を費やし銭をはたき、体力も要る。だが、いちばんの重荷は、すりへるほどに心を遣うことだ。救うことができれば、まだいい。だが、そんな幸運は、ほんのひと握りだ。数が多いだけに、手からこぼれていく者もいる。

人ひとりの力なぞ、たかが知れている。仕方がないと割り切るしかないのだが、しかし加助は諦めきれない。

「ほら、覚えてる？　去年の秋に、加助さんが長屋に泊めた男が、盗みをはたらいたことがあったでしょ？」

「ああ、兎《と》も角《かく》の杖を、お縫坊と一緒に探しまわったときだろ」

兎も角という銘の兎の杖を手掛かりに、お縫と文吉は男の所在に辿り着き事なきを得たが、あの件で加助は、自分のせいだと思い詰め、長屋を去ろうとした。

「あの時にね、加助さんがうちにお詫びに来て、おとっつぁんに言ってたの」

――手前の心遣いが足りなかった。もっと親身に寄り添っていたら、あの人も間違いを犯すことはなかったかもしれない。

「もっとできたはずだ。もっともっともっと……って」

「お縫坊、やめてくれ。下手な怪談より怖えぞ」

文吉が、両手で自分の身をかき抱く。

「ね、怖いでしょ？　何かにとり憑かれてるみたいで」

「あのおっさんの性分はわかってるつもりだが、そうなるともう、親切おばけだな」

「またあんなふうになりはしまいかと、それが心配で」

丹平のためというより、加助の安寧のためだと、お縫が語る。

「で、お縫ちゃんは、おれたちに何を助《す》けてほしいんだ？」

怪談を涼しい顔で受け流し、唐吉が改めてたずねた。

「仮に仇討ちだとすると、いちばん知りたいのはその相手。丹平さんは、その人に斬られたのかもしれない。それがどこの誰なのかさえわかれば、打つ手もあると思うの」

「と言っても、五間堀の東側ってだけじゃあな。あの辺は少禄の武家ばかり、百や二百はひしめいてるぞ」

季物売りをしているだけに、兄弟は深川の地理には詳しい。それでも難しいと、弟に続いて兄も断りを入れる。

「武家なら絵図に、名が記されている。ただ名ばかりじゃ、やはりどうにもならねえが」

「武鑑はどう？　大きな商家なら必ず備えているし、うちにも質草としてもち込まれることがあるから、蔵にあるかもしれない」

「言っとくが、読み書きにおいては、おれも兄貴も手伝えねえぞ」と、文吉が釘をさす。

　武鑑は武士の年鑑であり、毎年更新される。大名や幕臣について、石高や俸給、家紋まで詳述され、屋敷や役宅といった住まいも記されている。武家相手の商家では、武鑑は必須とされていた。

　ただし幕臣の場合、その役職順に列記されているために、その中から住まいを限定するのは至難の業だ。また五間堀界隈には、小普請など非役の者も多いというから、武鑑を当てにするわけにもいかない。

「やっぱり当人にきく方が、早かねえか？　おれたちが同族だと知れば、口を割るかもしれねえぞ」

　しかし文吉の言いように、兄は首を横にふった。

「長屋の正体を明かすのはまずい。そいつが加助さんと縁が深いなら、なおさらだ」

　店子たちの裏稼業が加助に露見すれば、長屋の存続すら危うくなる。唐吉の言うとおりだと、お縫も認めた。

　結局、良い案が浮かばぬまま、兄弟の長屋を出て、帰りに怪我人のようすを見に行った。

「やあ、お縫ちゃん。たびたびすまないね」

加助は錠前仕事をしながら、丹平につき添っていた。

「具合はどう？」

「まだ、熱が下がらなくてな。いま耕坊に、薬をとりに行ってもらった」

仕事机の傍らに伸べた床に、案じ顔を向ける。

うつ伏せに寝かされた丹平は眼を閉じていたが、乾いた唇からかすれた声がもれた。

「許さねえ……あの侍ばかりは、許さねえ……」

額に伸ばした手が、びくりと止まる。

「同じうわ言を、何べんも呟いていてな。喧嘩で負けたのが、よほど悔しかったんだろう」

我が子を案じるように、切ない眼差しを丹平に向けた。

「若いうちは血気にはやるのも仕方がないが、侍相手じゃやりようがない。傷が癒えたら、おれからとっくりと言いきかせるよ」

——居酒屋で喧嘩沙汰を起こして、相手の浪人に斬られたんでさ。

丹平の語った言い訳を、加助はそっくり信じているが、もしも喧嘩ではなく仇討ちなら——傷ついたからだと怨みを引きずって、丹平はまた挑もうとしまいか。

加助がどんなに心を込めて看病し、丹坊が大事だと訴えても、たぶん届かない。

「おっかさんが、言ったとおりだわ」

「おかみさんは、何と？」

「こうして形は大きくなっても、中身は加助さんに助けられた、丹坊のままかもしれないって」

「はは、おれにとっても同じだよ。いまもあの頃と同じ、可愛い丹坊だ」

加助は目じりを下げたが、お縫はうまく笑えなかった。


「お縫、そんなしかつめ顔じゃ、何を着たって台なしだよ」

仙台堀沿いを西へと向かいながら、となりを歩く母のお俊から小言がとぶ。

来月の衣替えに向けて、単衣《ひとえ》を新調するつもりで、母と呉服屋へと向かっていた。

「わかってるわよ。でも、丹平さんのことが案じられて」

「熱は下がったし、もう大丈夫だと、お医者先生からも墨付きをいただいたじゃないか」

「熱が癒えたから、またぞろ無茶をするんじゃないかって、それが心配なのよ」

「加助さんと耕坊が、つきっきりで面倒見てるんだろ、厠《かわや》にまでつき添って。あれじゃあ、逃げ出すこともできやしないよ」

「夜中にこっそり、抜け出すかもしれないでしょ。あたしはもう、気が気でならなくて」

「だったらおまえが、加助さんの家の前で、不寝番でもするんだね」

母にあっさりと流されて、お縫は不満を頬に溜め、ぷっくりとふくらませる。

「おっかさん、冷たい。丹平さんは子供じみて危ういと、おっかさんもわかってるはずよ」

「いくら危なげに見えても、一から十まで先回りして止めるのは、どうかと思うね。相手が子供ならなおさらだよ」

「……そういうもの？」

「おまえだって同じだろ。関わるなとおとっつぁんに止められても、ききやしない」

見事に返しを食らい、ぐうの音も出ない。

「たとえ子供だとしても、思いの強さには謂れがある。頭ごなしに封じても、悔いが残って歪《ひずみ》を生じるだけさ。ハラハラしながら見守るのが、子育ての極意だね」

「子育ての、極意ねえ……意外に深いものなのね」

妙に納得し、堀を逸れて南に向かった。

この辺りは元木場と呼ばれ、江戸初期の寛永の大火後、それまで日本橋にあった貯木場を、大川の東に移したのが始まりで、さらに元禄の頃、新木場が造成された。

元木場は二十一ヶ町あって、大川沿いの佐賀町も含まれる。値段が手頃で趣味のいい呉服屋が佐賀町にあって、母娘は贔屓にしていたが、佐賀町に至る手前で声をかけられた。

「お俊じゃねえか！　いやあ、久しぶりだな」

「三輪《みわ》の旦那、こちらこそ、ご無沙汰しております」

お俊がていねいに腰を折る。背が高くがっしりして、ぱりっとした紺の半纏を引っかけている。商人ながら身なりが粋で、口調は歯切れがいい。深川界隈では、この手の旦那衆をよく見掛ける。

「それにしても、お俊は相変わらず風情がいいな。それに、十は若く見えらあ。たしか歳は、おれとそう変わらねえだろ。どこぞで若返りの妙薬なぞ、手に入れたんじゃあるめえな」

「よしてくださいな、旦那。歳の話は、女にはご法度ですよ」

「こいつは、野暮を言っちまったか。昔と変わらぬ器量に、つい要らぬ口を利いちまった」

不躾ながら、からりとした物言いは嫌味がなく、一方のお俊も、実にさらりとかわす。

「こちらは、材木問屋の益子《ましこ》屋の旦那さん。旦那、これは末の娘です」

「ほう、こんないい娘さんがいたのかい。おっかさんに似て、佇まいがきりりとしている。風情の良さは、おっかさん譲りだな」

お縫は父親似で、美人の母にはまったく似ていない。慣れているとはいえ、母とくらべられるのは気重であったが、益子屋の褒め文句は、自分でも意外なほどに嬉しかった。

「三輪五郎《ごろう》ってんだ、よろしくな、嬢ちゃん」

深川の材木問屋と言えば、押しも押されもせぬ大店だ。なのに勿体《もったい》ぶった気取りはなく、口調はべらんめえで、まるでその辺の大工と話しているような気安さだ。

木場の旦那衆と呼ばれる材木問屋の主人は、江戸っ子を体現したような手合いが多い。しみったれや野暮を嫌い、大事の折には身銭を切ることも厭わない。

九万坪にもおよぶ新木場を造成したのは、幕府ではなく元木場の旦那衆だ。その先祖の血を彼らは誇りにしており、火事や水害があれば、真っ先にお救い小屋に大量の米俵を運び込むのも木場の旦那衆だ。

災害の後、木はとぶように売れるから、もとはとれる勘定だが、木場で材木をあつかう筏師《いかだし》を引き連れて、自ら先頭に立って復旧に尽力する姿は、誰の目にも頼もしく映る。

三輪五郎もまた、いかにも木場の旦那然とした男で、日に焼けた馬面に大きな笑みを浮かべた。

「出物を見つけた後に、別嬪《べっぴん》ふたりに会うとは、今日はことさらについてやがる」

「出物とは、それですか？」

三輪五郎が小脇に抱えた細長い箱に、お俊は目をとめた。

「おう、猿図よ。最近評判の絵師の作でな、なかなかの出来だ」

「そういえば旦那は、屋号にちなんで、猿の絵を集めてらっしゃいましたね」

「益子屋で、猿ですか？」

不思議に思い、お縫がつい疑問を口にする。

「何代か前に字を変えたんだがな、もとは猿に子と書く猿子《ましこ》だったんだ」

そういうことでしたか、とお縫がいたく納得する。

「屋号は変えても、猿は縁起がいいとされてな、代々の主が集めた像や絵がいくつもある。おれもあやかろうと思ってな。時々こうして古道具屋なぞをまわって、出物探しをしてるってわけよ」

脇に抱えた箱を、鼓のようにぽんとたたいた。箱の中身は、猿を描いた掛け軸だという。

「百年経ちゃ、きっと名物になるぜ。とはいえ、盗まれた牧谿《もっけい》にはおよばねえがな」

「牧谿というと、あのいい牧谿ですか？」思わずお縫が問い返す。

「なんだ、嬢ちゃんは、絵に詳しいのか」

「質屋商いだけに、絵をもち込まれることもありますから」と、お俊が言葉を添える。

「あたしも牧谿の猿図を、いっぺんだけ見たことがあります。どこぞの絵師が描いた真似絵でしたけど。でも、その猿がとても愛らしくて！」

「そうか、嬢ちゃんもあの猿が気に入ったか！　あのふっくらした毛並みと、丸くちんまりした顔。何よりも、ゆったりとした風情がいい」

「ながめていると、ゆったりほっこりしてきますよね」

はからずも、牧谿の猿図談議に花が咲く。

牧谿は元《げん》の時代の画僧で、鎌倉時代の末に日本に伝わるや、当時から多くの贋作が出回るほどに人気を博し、ことに猿図は有名だった。

「十五、六年前に、たしかな筋から牧谿の猿図を手に入れたんだがな。そいつを白狐ってえ賊に、盗まれちまった」

「白狐ですって？」

お縫の喉から、素っ頓狂な声が出て、お俊もにわかに顔色を変える。

「旦那、賊が白狐だという、証しが残っていたんですか？」

「ああ、床の間から牧谿が消えて、そこに白狐の札が貼られてた」

札が残されていたのなら間違いない。母娘の顔に焦りを見てとって、相手が怪訝な顔をする。

「もしやあんたらのところも、白狐にやられたのかい？」

「あ、いえ、昔お江戸を騒がせた賊が、昨今また現れたときいて……」

「現れたのが、うちから近い場所だけに、気になりましてね」

苦しい言い訳ながらも、三輪五郎はあっさりと納得した。

「ああ、おれもきいたよ。ほかならぬ、定廻の旦那からな」

白狐がふたたび深川に現れた。以前、賊に入られた経緯もあるから、十分気をつけるようにと、馴染みの定廻同心は達していったという。

「その旦那が、話のついでに教えてくれたんだが……白狐が最後に盗みをはたらいたのが、益子屋《うち》だというんだ」

え、と母娘が、仰天の表情を三輪五郎に向ける。

「いつのことか、日付を覚えてやしませんか？」

十年以上も前の話だ。忘れていても不思議はないが、三輪五郎は明確にこたえた。

「ああ、覚えてるぜ。十二年前の四月八日だ」

「四月八日……花祭りの日ですね？」

「そうだよ、嬢ちゃん。だから覚えていてな。おまけに今年と同じ中年だったから、忘れたくとも忘れられねえや」

朝になって気づいたから、正確には八日から九日にかけての深夜。よりによって中年であったから、よけいにがっくりきたと、三輪五郎はひとしきりぼやいた。

「ただな、おれは賊についちゃ、ちょいと疑ってる」

「どういうことです、旦那？」

「札が残っていたからな。おれも白狐によるものだと番屋に届けたが……後になって、気になることを思い出してな」

嫌な臭いでもかいだように、面長の面相をしかめる。

「牧谿を返してほしいと、何度もしつこく訪ねてきた侍がいたんだ。三月ばかりも通われて、ほとほと嫌気がさした。言っておくが、おれはちゃんと、馴染みの古道具屋から買ったんだぜ。てめえの家が傾いて、家宝としていた牧谿を手放したそうだが、そいつは知ったこっちゃねえやな」

「めずらしいですね、旦那がそうまで意固地になるなんて」

むきになる子供をながめるような目で、お俊が意見する。大らかな気性で、困った者には手を差し伸べる。三輪五郎はそういう人柄だと、お俊は後で娘に語った。

その侍は、少禄ながら身分は旗本で、一時、役目を解かれて無官となった。窮した挙句、家宝を手放さざるを得ず、泣く泣く牧谿を金に換え、それを三輪五郎が買いとった。

しかし三年ほどを経て、ふたたび幕府のお役目を得て暮らしが落ち着くと、失った家宝が今更ながらに惜しくなった。売買した骨董店に絵を買い戻したいと繰り返し請うて、しつこさに辟易した店主が、三輪五郎への顔繋ぎをしたという。

「いや、古道具屋から仔細をきいたときゃ、おれも気の毒に思ってな。何より気に入った牧谿の猿だが、ここはお侍の顔を立てて、返してやろうって腹だった」

「だったら、どうして？」

「当の侍が、気に入らなかったからだよ」

懐手をしたまま、むっつりと渋面を作る。

「妙にお高くとまって、はなっから商人を下に見やがる。金勘定しか能のない商人に、牧谿の真の値打ちはわかるめえと、こう抜かしやがるんだ」

思い出すだけでクソ忌々しいと、三輪五郎は吐き捨てる。

侍の家は、室町までさかのぼる由緒のある家柄だが、戦国の頃には没落し、いまは身分だけは旗本であるものの小役人に等しい。かつては名家であったとの、過去の栄光だけが拠り所なのか、気位ばかりが勝っていた。

「おまけに、しみったれた野郎でよ。いわば何年か、牧谿を貸してやったに等しいから、借り賃代わりに買値を値切ろうとしたんだぜ。そんな理屈があるものかい」

「それはたしかに、腹が立ちますね」と、お縫も小鼻をふくらます。

「だろう？　おれも段々と、はらわたが煮えくり返ってきてよ。こんな了見の狭い奴のもとにいちゃ、あの猿だって気鬱がたまる。おれのもとに来たのも何かの縁だ。ここはひとつ守り抜いてやらねえと、江戸っ子の名がすたる！　って、そんな気分になっちまってよ」

「いかにも、三輪の旦那らしい。それで、お断りなすったんですね」

得心がいったとばかりに、お俊が笑いをもらす。

「なのに野郎ときたら諦めが悪くて、それからも益子屋に通ってきやがって、三月ほどは粘っていたが……」

三輪五郎は、懐から左手を抜いて、思案を示すかのように顎に当てる。

「そんな最中、白狐に絵を奪われた。でな、それを境に、奴《やっこ》さんは一度も益子屋に顔を見せなかった」

「何だか、妙に思えますね……」と、お縫が呟く。

益子屋の主人もまた、同じ疑念を抱いたようだ。盗まれた当初は、絵が消えたことに動揺し、また白狐の札は、あまりに強烈だった。すっかり信じ込んでいたが、時が経つにつれ、ややもやと胸に滞っていた疑念が、しだいに別の形をなした。絵が盗まれてから、侍の足がぱったりと途絶えたからだ。

「白狐の噂は、深川中に広まっていたからよ。それで奴さんもあきらめて、足が遠のいたものと思っていたんだが……」

「でも、やっぱりおかしい。家宝が盗まれたと知れば、血相を変えて怒鳴り込んできそうなものでしょ？　なのに音沙汰なしなんて」

三輪五郎もまた、お縫と同じ見当に行きついたようだ。

「さすがに奴自身が、盗みをはたらいたとは思えねえが……誰かに盗ませて、当時、世間を騒がせていた白狐を騙った――。そうも思えてな」

単なる憶測に留まらない、なかなかに穿った推量だが、もうひとつ別の方法もある。

本物の白狐に、牧谿の猿を盗ませた――。

お俊も同じ考えに至ったのか、娘とちらと目を合わせる。

「未だに思い出すだけで、むかっ腹が立って仕方がねえや。いっそ向こうに乗り込んで、奴の屋敷を打ち壊してやりてえや」

「いけませんよ、旦那、短気を起こしちゃ。たとえ木食い虫のような御仁でも、相手はお侍なんですから」

「虫の方が、まだましだ。あの井上《いのうえ》って野郎にくらべりゃあよ！」

腹立ちまぎれに、つい相手の名を出したものの、自分の粗相に気づいたのか、ごつい左手で口をおおう。

「おっと、いけねえ。いまの名は忘れてくれ。野暮が過ぎらあ」

「わかりました、きれいさっぱり忘れます」

「さすがはお俊だ。こんな往来で、長く引きとめたのも野暮だったな。今度、暇があったら、嬢ちゃんと一緒に益子屋に来てくれや。詫びに、美味い菓子でも馳走するからよ」

最後は気持ちのいい笑顔を向けて、三輪五郎は去っていった。

「井上、ね……姓がわかれば、絵図で住まいもわかるわね」

「おまえはまた、懲りないね。おとっつぁんに、小言を食らっても知らないよ」

「あら、おっかさんこそ。益子屋の旦那と、どういう知り合いなの？」

疑いの目を向けると、何もないよ、とひらひらと袖をふる。

「若い頃、水茶屋勤めをしていたと、前に話したろ。あの旦那は、当時のお客でね……おとっつぁんには内緒だよ」

「だったら、口止め料をいただかないと。おとっつぁんを説き伏せるとき、味方になってちょうだいな」

「我が子ながら、しっかりしてるねえ」

「なにせ、おっかさん譲りですからね」

ひと笑いして、母娘は呉服屋への道を急いだ。


「井上末蔵《まつぞう》……この名に、心当たりはない？」

床にうつ伏せた丹平の横顔が、たちまち強張る。不自由な姿勢のまま、目玉だけを動かして、横目でお縫を見上げた。

「あんた、何でその名を……？」

「やっぱり、そうなのね。あなたを斬ったのは、井上末蔵。そうなのでしょ？」

念を押すと、不貞腐《ふてくさ》れたように、ああ、とこたえる。

昨日、家に帰ると、お縫はさっそく深川の切絵図を広げた。五間堀の東側をくまなく探す。武家の場合は、屋敷地に住人の名が記されているからだ。この辺りは、いくつかの大名下屋敷を除けば、小役人の屋敷ばかりがひしめいている。

そのうちの一軒に、井上末蔵の名を見つけ、他に井上姓はなかった。

今日、加助が出掛けた隙にここに来て、病人の世話を耕治と代わりふたりきりになった。

「あんたの方こそ、どうしてあのクソ侍を知ってる？　まさか、奴と関わりが？」

お縫は首を横にふり、昨日、益子屋三輪五郎からきいた経緯を語った。

「ちくしょう、そういうわけか。てめえの家宝とやらを白狐に盗ませて、挙句に……！」

顔の脇の床を、右の拳で殴る。ちくしょう、と呟きながら、何度もくり返す。見かねてお縫は、丹平に言った。

「その白狐は、あなたのお姉さんね？」

右手は止まったが、丹平は何もこたえない。お縫は懐に仕舞ってあった札を出し、丹平に見せた。

「十二、三年前、江戸を騒がせた白狐は、お姉さん。先月から五間堀に現れた、ふたたびの白狐は、丹平さん、あなたでしょ？」

枕辺に札を置くと、丹平はじっと見詰める。眼差しがひどく切ないことに、お縫は気づいた。

「この札は、お姉さんが残していったもの？」

「そうだ。昔おれたちがいた、軽業師一座の引き札でな。白狐一座と名乗ってた」

引き札は、要はちらしで、一座の子供たちは宣伝のために市中で配り、客寄せをしていたという。

「白狐にまつわる品は、その札だけ？　象牙の根付はなかった？」

「何だって、そんなことまで！　あれは親方が身につけていた根付で……おれを連れて逃げるとき、いままでの腹いせに、かっ払ってやったと姉ちゃんが」

「お姉さんは、その後、根付をどうしたの？」

「最初は、金に換えるつもりでいたんだが、もち込んだ質屋に疑《うたぐ》られてな」

狐を象った象牙に、両目は翡翠に似た石。一座の親方がもつにも過ぎた品だが、子供ならなおさらだ。まっとうな質屋なら、御上に届けかねない。不穏を感じとったのか、姉は根付を換金せずに、急いで質屋を出たという。

「しばらくは懐に入れていたが、ある日、人にやったときかされて、ちょっと驚いた。何でも、礼がしたかったって、姉ちゃんは言っていた」

「礼……？　あたしがきいたのは、逆の話なのだけど」

いまの持ち主にとって、白狐は命の恩人であり、だからこそ根付をお守りとして大事にしてきた。

「何だって、根付のことまで知ってる？　あんたらいったい何者だ？」

「どこにでもいる、長屋住まいの町人よ。ただ困ったことに、うちには善人長屋って二つ名があって」

「善人長屋だと？　胡散くせえ……」

胡乱《うろん》な目を向けられて、まったくだ、とつい笑いがこぼれた。それから顔を引き締める。

「丹平さん、傷が癒えたら、どうするつもり？」

「どうするって、別に……また浅草寺裏の芝居小屋に、戻るだけさ」

「だったらどうして、その芝居小屋に知らせないの？　加助さんや耕ちゃんに、知らせてくれるなと頼んだそうね？」

「そりゃあ……心配をかけちゃならねえと」

声が尻すぼみになり、悪戯を見つかった子供のように口を尖らせる。

「井上って侍と、今度こそ刺し違えるつもり？」

「これは、おれと姉ちゃんの始末だ！　てめえらには関わりねえ！」

「いま、こうして、思いっきり関わってるじゃないの！　あたしも、耕ちゃんも、長屋の皆も……誰よりも、加助さんが！」

何に対してかわからないが、腹の底から怒りがわいて、丹平目掛けてぶちまける。

「ええ、ええ、あたしたちは赤の他人だもの。また返り討ちに遭おうが、今度こそくたばっちまおうが構やしない。でもね、そんなことになったら、加助さんが悲しむの。いい？　二度も加助さんに助けられたんだから、あなたの命の半分は、加助さんのものだと思ってちょうだい！」

「半分て……そんな理屈になるのか？」

怒りに任せて矢継ぎ早にぶつけたが、あまりの剣幕に毒気を抜かれたようだ。たいそう間の抜けた返しをする。ふっと微笑んで、それから神妙な顔をした。

「あんたらにも、加助のおいちゃんにも、すまねえと思ってる。でも、姉ちゃんのためというより、これはおれのためだ。知っちまった以上、けじめをつけねえと」

「知ったって、何を？」

「井上末蔵は、千万《ちま》姉ちゃんを殺して、大川沖に沈めたんだ」

急に襟元が広がって、寒気が一気に入り込んできたように、お縫はぶるっと身震いした。


白狐の話を、丹平が初めて耳にしたのは浅草だった。

大盗人が登場する芝居を打ち、客が引けた後、役者と囃子方が語っていた。それまで丹平は、白狐という盗賊の存在すら知らなかった。
十二、三年前、十月ほどのあいだ、白狐の札を残すたいそう身軽な盗人がいた——。
姉の千万かもしれないと、丹平は直感した。堂の縁の下に隠れ潜んでいたあいだ、千万の稼ぎでどうにか食い繋いでいた。何をして稼いでいるのかときくと、姉は笑顔でこたえた。

「軽業に決まってるだろ。それしかできないんだから」

道端なぞで大道芸をしているものと、当時の丹平は単純にとらえていた。だが、そう簡単な話ではないと、大人になったいまになって思い当たった。

人の集まる盛り場は、香具師《やし》や土地のやくざが睨みをきかせている。たとえ道端でも、おいそれと芸の披露なぞできないはずだ。他に稼ぐ当てもなく、身の軽さを利用して、盗みを働いていたとしてもおかしくない。

怪我をして動けない自分を養うために、姉は悪事に手を染めたのか——。そう考えると、たまらなかった。

以来、芝居に使えそうだと言い訳して、誰彼構わず白狐についてたずねるようになった。

収穫は捗々《はかばか》しくなかったが、そのうち気になる噂をきいた。

「何でも、最後に白狐が出たのは、深川だそうだぜ」

最後との一言が引っかかり、それからは川向こうに河岸を変え、大川端や深川八幡近くの盛り場に出入りするようになった。

そしてついに、姉の消息を知る人物をつかんだ。波六《なみろく》という、老いた船頭である。

出会ったのは、永代寺門前町の居酒屋だが、丹平は別の酔客に話をふって、白狐の話題で盛り上がっていた。

客が小便に立った折、となりの床几でひとりで呑んでいた年寄りが、ぼそりと呟いた。

「白狐なら、死んじまったよ。おれは、この目で見たんだ」

思わずふり向いて、詳しくきかせてくれと迫ったが、あまりに鋭い反応が疑念を生んだのか、老船頭は口を閉ざし、足早に店を出た。丹平は追いかけて懸命に頼んだが、なだめてもすかしても、波六は口を割らない。遂には、真《まこと》を明かすしかなくなった。

「白狐は、十二年前ふいにいなくなった、おれの姉ちゃんかもしれねえんだ！」

そう語った途端、老船頭は大きく息を吸い、驚愕の表情を向けた。

「白狐は、たしかに女だった……十六、七の若い娘だった」

「姉ちゃんと、会ったのか？　いったいどこで？　死んだってどういうことだ？　頼むから、教えてくれ！」

必死に懇願する眼差しを避けるかのように、波六は両手で顔を覆い、うめき声をあげた。

「あんな、あんな恐ろしいことを、どうして……博奕で頭がおかしくなってた。たった一両のために、あんな始末を引き受けて……」

「まさか、てめえが姉ちゃんを？」

違う、と波六は否定して、初手から語った。当時、波六は博奕に嵌まり、胴元への借金が嵩んでいた。その日も賭場となっていた、さる旗本屋敷の中間《ちゅうげん》部屋からたたき出され、借金の一両を、耳をそろえて払えと恫喝された。

払う当てなぞなかったが、船頭仲間なぞに借りて、三日のうちに必ず返すと応じてどうにか解放された。大きなため息を夜道に吐いたとき、その侍に声をかけられた。

「明後日の晩、ある品を運んでほしいと頼まれた。引き受けてくれれば、一両払うと」

袴をつけた二本差しだったが、夜だというのに深編笠をかぶり、顔は見えなかった。声からして、三、四十と見当した。

窮地に立たされていただけに、詳しい話もきかず、一も二もなく承知したが、いざ当日、その品を目の当たりにすると、波六は己の浅はかを深く後悔した。

「筵《むしろ》にくるまれた仏だった……。そうと判ったとたん、おれは震えが止まらなくて……」

だが、その場で渡された一両が、辛うじて怖気を払った。

『今日のことは、決して誰にも明かすな。万一、明るみに出れば、おまえも括られるぞ』

恫喝めいた侍の忠告にただうなずいて、波六は遺骸を乗せて岸を離れた。言われたとおり、五間堀から六間堀へ出て、小名木川を通って大川に至る。河口から南東の方角へ漕ぎ出し、沖に出たが、いざ仏を沈める段になって、ふたたび罪の意識にかられた。

せめて拝んでおこうと、簀巻《すま》きにしていた筵を外したのは、そのためだという。だが、中から出てきたのは、血まみれの若い女だった。波六は悲鳴をあげて腰を抜かし、ひたすら祈った。

「どうか恨まねえでくれ、化けて出ねえでくれと、ひたすら拝んだ」

「顔は見たのか？」

「死に顔なぞ、怖くて見れねえ。ただ、格好が突飛でな。あれはたぶん、芸人のたぐいだ」

着物は筒袖で、黄色の地に赤い花模様、膝丈の朱の裁着袴《たっつけ》に、同じ朱だがこちらは水玉模様の脚絆。いずれも古びて色が褪せていた。顔は見ないよう努めたが、舳先《へさき》にぶら下げていた提灯の明かりに映った着物の形や色柄は、妙にくっきりと覚えているという。

軽業の稽古着であり、姉が最後に着ていたものだと、丹平は思い出した。

「その懐から、札が覗いていて、手にとると白狐が描かれていた」

札は一枚ではなく何枚も出てきた。巷《ちまた》で噂となり、読売には札の絵も描かれていた。これが世間を騒がせた白狐かと悟ると、自分の行いがよけいに怖くなったという。

「千万姉ちゃんだ……姉ちゃんに違いねえ……」

喉元からこみ上げる無念を噛みしめるように、奥歯をきつく噛んだ。

「すまねえ、許してくれ。あんたの身内とは知らなくて……後生だから、許してくれ！」

船頭はその場に団子虫のごとく丸まって、丹平に向かって詫びをくり返した。

海の藻屑となっては、墓すら立てられない。博奕の金のために、姉をそんな目に遭わせたのだ。怨みは当然ある。けれども哀れなその姿があまりに情けなく、年寄りを苛めるのも寝覚めが悪い。

「じいさん、もういいから、頭を上げてくれ。だが、詫び料代わりに、手伝ってほしいことがある。姉ちゃんを殺した侍を、何としても突きとめてえ」

「わ、わかった……もう二度と、あの侍には会いたくなぞねえが、罪滅ぼしになるなら、おれも力を貸す」

なけなしの勇気をふり絞り、波六は請け合ってくれたが、ただ、五間堀に近い屋敷の侍だという以外、目ぼしい手掛かりはなかった。それでも、江戸に不慣れな丹平にとっては、強力な助っ人となった。

五間堀の西側は、町屋と大名屋敷が占めている。おそらく東側の少禄の侍だろうと、見当をつけたのも波六だ。あとは手当たりしだいに当たってみるより仕方なく、小体な屋敷に忍び込んで、玄関戸に白狐の札を貼った。一座の引き札は、姉が残したわずかな荷の中に、三十枚ほど残されていた。

実は丹平は、札を貼った後も、朝まで屋敷の内に留まっていた。庭木や建物の陰、あるいは縁の下に潜り、札を見つけたときの家人のようすを窺っていた。

怨と朱で大書された、白狐の札に仰天し、動揺を見せつつも、外には漏らさぬよう妻子や奉公人には固く口止めする。どこの家も同じ始末であったが、ひとりだけ、ようすの違う者がいた。

「亡者が、よみがえったか……」

低く呟いた侍の声が、縁の下に届いたとき、丹平は半ば確信した。

白狐がすでにこの世にいないと、こいつは知っていた――。

すぐに波六に知らせにいき、あのときの侍かどうか、遠くからでも確かめてくれまいかと頼んだ。

「だったら、もっと確かなやりようがある。その侍に、直におれが会えばいい」

危ないと丹平は止めたが、長く抱えていた罪の意識が、丹平と出会ったことで、より深く波六を苛んでいたのだろう。せめてもの償いだと、波六は町中で井上末蔵を呼び止めて、一芝居打った。

「お久しぶりですね、井上の旦那。おや、お忘れですかい？　十二年前、旦那から頼まれた品を五間堀で受けとって、大川沖まで運んだ船頭でさ」

「何の話だ？　下手な言いがかりは、よしてもらおう」

「そうそう、その声。声ばかりは、十二年前と変わりやせんね」

井上の顔色が明らかに変わり、無礼者！　と波六を突きとばし、足早に去った。

「あいつだ……あの侍に間違いねえ。丹平、あいつが姉ちゃんを殺した下手人だ」

波六から証しを得て、丹平はその晩、井上の屋敷に忍んでいった。

何故、白狐を斬ったのか？　屋敷に侵入した賊を成敗したとしたら、御上にその旨を訴えれば済むはずだ。わざわざ船頭に金を渡して、遺骸を密かに始末させた筋道が立たない。

波六が依頼を受けたのは、当夜の二日前。そのときにはすでに、殺す算段をしていたことになる。白状させるために寝込みを襲ったが、ひとつだけ誤算があった。

井上末蔵は、剣の腕に優れ、問答無用で斬りかかってきた。

どうにか塀を越えて逃げ果せたものの、背中に一太刀浴びて、浅草はおろか、深川八幡に近い波六の長屋までも辿り着けそうになかった。

「ここに来ちまったのは、五間堀から近いこともあるが……もう駄目かもしれねえと観念したときに、加助のおいちゃんの顔が浮かんだからだ」

あの晩までの経緯をお縫に明かし、最後に丹平はそう告げた。

「あんたから益子屋の話をきいて、いま初めて一切が繋がった。姉ちゃんはきっと、最後の大仕事のつもりで引き受けたんだ。なのにあいつは、最初《はな》から姉ちゃんを始末するつもりだった。あの野郎だけは許せねえ……許す道理がねえ！」

ダン、と顔の脇の床が抜けそうなほど、拳をたたきつけた。

「だからって、また向かっていったところで、勝ち目なぞないのでしょ？」

「構わねえよ！　野郎が悪事に口を拭って、のうのうと暮らしてるのが、おれには我慢ならねえんだ！」

思ったとおり、丹平の怨みは深い。こうまで仇討ちに凝り固まっている以上、成就させてやる以外に、この執念はとり払いようがない。

「そこまで言うのなら、いっそ別のやり方で、あの侍を殺してみない？」

「別のやり方、だと……？」

「向こうが武に優れているのなら、正面から突っかかっても無駄なこと。だから、策を講じるの」

丹平の話をききながら、お縫の中でおおよその筋立てが組み上がっていた。

実は井上末蔵については、すでに半造に頼んで調べており、剣の腕前も把握している。そして丹平が語った船頭の話から、最後の仕立てが出来上がった。

「仇討ちを、助けてくれるってのか？　見ず知らずに等しいおれのために、何だって……？」

「あなたのためじゃなく、加助さんのためよ。だから、いい？　加助さんにだけは、決して悟られては駄目よ。約束できる？」

「わ、わかった……約束する！」

「それと、何よりもまず怪我を治すこと。話はそれからよ」

言い置いて長屋を出ると、戸の脇に耕治が座っていた。

「いまの話、きいたぜ。なあなあ、おれも交ぜてくれよ」

「耕ちゃんは、あたしと一緒にお留守番よ。でも、庄おじさんには、頼むつもりよ」

「へえ、うちの父ちゃんが？　ワクワクするなあ！　もっと詳しく、策とやらを教えてくれよ」

耕治に請われたものの、あくまでお縫の頭の中で、雑に組み上がっているだけだ。

「細かいところは、おとっつぁんに頼もうかと」

「なあんだ、結局、差配さん頼みかよ」

耕治に揶揄されて、お縫はぺろりと舌を出した。


それから半月余りが過ぎ、暦は皐月《さつき》に変わった。

端午の節句が終わったその晩、五間堀東の井上末蔵の屋敷に、賊が侵入した。

主の寝所に立てられた雨戸が、がたりと大きな音を立て、すぐさま目を覚ました当主は、刀を摑んで内から雨戸を開けた。

旗本身分とはいえ、家禄は二百石。いわば旗本の底辺にあり、屋敷も手入れがなされず、奉公人は女中がひとりだけ。雑用は、日雇いの中間で賄っている。常より折り合いの悪い妻は子供を連れて、泊りがけで実家の節句の祝いに行っていた。

池は涸れ、草木も伸び放題の荒れた庭だが、昔の名残で木が多く、ところどころに立派な庭石もある。涸れた池の両脇に、石灯籠が一対立っていて、灯りがともっていた。

水のない池の向こう側に、小柄な人影が立っている。

黄色地に赤い花模様の筒袖、色の褪めた朱の裁着袴に、同じ地に水玉模様の脚絆。

そして、顔には狐の面をつけている。その口から、細い女の声がもれた。

「井上末蔵……怨み晴らさでおくものか……」

侍は、一瞥するなり吐き捨てた。

「ふん、小賢しい。この前の賊か、あるいはあの船頭の仲間か。金をせびるつもりであろうが、無駄なこと。今度こそ、始末してくれるわ！」

刀を抜いて、走り寄る。だが、対になった石灯籠の真ん中を過ぎようとしたとき、ふいに前につんのめった。わっ、と叫びざま、池の窪みへと落ちる。

「な、なんだ、これは！　ええい、放せ、放さぬか！」

水のない池の中で、まるで溺れるように侍がもがく。だが、もがけばもがくほど手足が見えない何かに搦めとられ、やがて身動きひとつできなくなった。

「これほど上手く運ぶとは……いやあ、恐れ入ったぜ」

池の傍に立つ狐の面の人影が、さっきとはまったく違う男の声を発した。

「油断すんじゃねえ。声を出すなと言ったろうが」

池に枝をさしかけた松の陰から、やはり狐の面をかぶった背の高い別の男が現れて、侍の右手にあった刀を蹴りとばした。その間に小柄な方が、素早く麻袋を侍の頭にかぶせる。

視界が真っ暗になったことで、ふたたび侍がじたばたともがいたが、やはり手足はほとんど動かせない。石灯籠の足許に数本、そして池の中にもたっぷりと、釣り糸が仕掛けられていたからだ。

ご丁寧にも石灯籠の釣り糸は、足を引っかけるためにぴんと張り、対して周囲の木を利用して幾重にも仕掛けた池の中の釣り糸は、弛く仕掛けられていた。

石灯籠の糸でつまずいて、涸れた池に落ちた侍は、まるで蜘蛛の糸に搦めとられるがごとく、もがいた挙句に手足の自由を奪われた。

「蜘蛛に食われる羽虫さながら、いいざまだ」

さっきのふたりとは違う声は、蔑みに満ちている。気づいた井上が、見えない相手に叫んだ。

「その声、きき覚えがあるぞ。この前、屋敷に立ち入って、背中を斬られた若造か！」

「ああ、そのとおり。今日はその仇討ちに来た……十二年前にてめえに殺された、白狐の分もな」

「無駄口をたたくなと言ったろう」

大柄な男から文句がとんだが、また別の足音が近づいてきて、呑気な中年男の声が語る。

「猿の絵も、見つけたぜ。前に忍び込んで、当たりをつけていたからな。難なく手に入れた」

「まさか、牧谿の猿図か！　それは当家の家宝だ！　誰にも渡さんぞ！」

はばかりなく声をあげる侍に、やれやれとため息をつき、袋をかぶせた首に腕を巻きつけて、加減をしながら絞め上げる。ほどなくがくりと首が垂れ、侍は静かになった。

「だから言ったろう、よけいな口をきくなって。庄さんも、気をつけてくれや」

侍の首にかけた腕と、狐の面を外した唐吉が、文句をぶつける。

「いや、すまねえ。あまりに楽な仕事だったもんで、つい気が弛んじまって」

「まあ、いいじゃねえか、兄貴。首尾よく運んだんだ。さすが差配の旦那のからくりは、念が入ってるな」

初代白狐のふりで囮《おとり》となったのは、文吉である。最近は控えているが、もとは女装して美人局をはたらいていた。女の声を真似るのも、お手のものだ。

「こいつ、二、三発殴ってもいいか？」

「目を覚ましたら面倒だ。いまはやめておけ。それより、後始末にかかるぞ」

丹平を止めてから、唐吉は釣り糸を刃物で切り、手早く侍を筵で簀巻きにする。その間に文吉と丹平が、張った釣り糸をすべて回収し、庄治は盗人の本領を発揮して、足跡なぞを丹念に消した。

唐吉が、簀巻きにした侍を肩に担ぎ上げ、四人は密かに屋敷を出て、五間堀へと向かった。岸には小舟が寄せられて、棹を手に待っていたのは波六であった。

簀巻きの侍とともに四人が乗り込むと、静かに舟は岸を離れる。

五間堀から六間堀に出て、小名木川から大川に漕ぎ出す。十二年前と、同じ川筋だ。

大川に出たところで、気絶していた侍が、筵の中で目を覚ました。揺れや水音、波六が船尾で操る櫓《ろ》の音で、舟の上だと気づいたようだ。侍がやおら騒ぎ出す。

「な、何をするつもりだ……まさか、白狐と同じに、海に沈めるつもりか！」

「だったら何だ？　同じ道行を辿れるんだ。礼を言ってもらいてえくらいだ」

丹平は、冷たい表情で、簀巻きの侍に応じる。

「た、頼む……助けてくれっ！　家のため、家宝をとり戻すためにやむなく……決して欲や私心のためではない！　頼むっ、許してくれっ！」

「何にも響かねえよ、侍の道理なぞ」

物憂げな口調で、丹平が返した。こんな男のために命を落とした姉が、哀れでならない。そう言いたげな横顔だった。

「ひとつだけ、確かめてえことがある。てめえと白狐は、どこでどう関わった？　何だって白狐が、てめえなんぞのために盗みをはたらいた？」

「た、たまたま、追われていた白狐と行き合ったのだ……それがしの剣で追い詰めて、追手に引き渡すつもりであったが……気が変わった」

追手は数人の武家のようで、白狐の名を何度も叫んでいた。巷を騒がせていた賊の名と、牧谿の猿が、閃くように頭の中で結びつき、その妙案が浮かんだ。

白狐は若い女であり、身なりからして芸人のたぐいであることは一目瞭然だ。

――このまま番屋に突き出すこともできるが、ある仕事を果たせば、おまえの正体は明かさない。あくどい商人に奪われた、当家の家宝を盗んでこい。うまくいった暁には、礼金もはずむ。

命惜しさに井上は、己の奸計《かんけい》をだらしなく打ち明ける。ぎり、と丹平が歯嚙みした。

「てめえのはったりを信じて、姉ちゃんはそいつを汐《しお》に足を洗うつもりでいたんだ……それをてめえは、無残に殺しやがって！」

麻袋の上から、思いきり殴りつけた。鼻でも潰したのか骨の折れる音がして、井上が大人しくなった。

「気が晴れるってんなら、もう二、三発、殴っておくか？」

「何やら殴ることすら、馬鹿馬鹿しいぜ」

唐吉は水を向けたが、丹平は首を横にふり吐き捨てた。

舟は大川をいくらも下らぬうちに、東に折れて仙台堀に入った。


「お縫姉ちゃん、見てくれよ！　この前のことが、読売に書かれているぜ」

摺りたての読売を手に、耕治が千鳥屋に駆け込んできた。

「あら、ほんと？　見せてちょうだいな」

渡された摺り物には、細かな字でびっしりと仔細が記されているが、真っ先に目にとび込んできたのは、橋の欄干に括られた、哀れな侍の姿だった。

「やだ、頭に麻袋をかぶせたはずなのに、顔がしっかり描かれているわ」

「そりゃ、その方が、面白えからじゃねえか？　あーあ、おれも見に行きたかったなあ」

「子供が見るものじゃありません！　策を立てたあたしですら、遠慮したってのに」

「お縫姉ちゃんは、何かで足止めしろってだけで、釣り糸の仕掛けは、差配さんが考えたんだろ？」

「この仕舞いの策は、あたしが講じたのよ。そこが読売に書かれたのだから、あたしもおとっつぁんに負けてないわ」と、お縫が胸を張る。

波六の舟が行き着いたのは、仙台堀の南に架かる、相生橋のたもとであった。

麻袋をかぶったまま気を失った侍を、橋の欄干に括りつけ、膝の上には掛け軸の入った箱を、これも容易には解けぬよう両端を縄で欄干に結わえて置いてきた。

さらにはその傍らの手すりに、狐の面を貼りつけて、朱で文字が書かれた手拭いを垂らした。

『この者、十二年前、我を騙り、掛け軸を盗み出し候《そうろう》。その咎により、天誅を下す――白狐』

手拭いには、そう書かれていた。見つけた町屋の者たちから、番屋に知らせが走り、たちまち野次馬が集まった。その中には益子屋三輪五郎もいて、箱の中にあった絵は、盗まれた牧谿の猿に違いないと、駆けつけた同心に証言した。

益子屋は、相生橋の真ん前に店を構える。こうなることを見越して、相生橋を指定した。

「お侍にとって、恥をかかされるのは、命をとられるよりも効き目があるもの」

――いっそ別のやり方で、あの侍を殺してみない？

侍にとっては酷なやり口だが、人ひとりを殺したのだ。罰は受けて然るべきだ。

「おれ、父ちゃんにも見せてくる。きっとびっくりするぞ」

読売を手に耕治が風のように出ていくと、入れ違いに加助が入ってきた。

「おかえりなさい、加助さん。あら、どうしたの？　しょんぼりして」

「丹坊が、近々江戸を離れるそうだ」

加助は肩を落として、寂しそうに告げた。


夜明け前の暁七つ過ぎ、早暁の空は、藍に白のぼかしを入れるように、少しずつ白んでくる。

川からは朝霧が立ち上り、一行が別れを惜しむ橋のたもとは、ぼんやりと霞んでいた。

「丹平さん、くれぐれも無茶はしないでね。傷が治ったと言っても、まだ日が浅いのだから」

お縫は父と加助とともに、日本橋まで丹平を見送りに来た。丹平は、浅草寺裏の一座に加わって、上方へ行くという。

「わかってるって。同じことを耳に胼胝《たこ》ができるほど、加助のおいちゃんから含められているからな」

丹平は困り顔で、脇に立つ加助をながめる。

「た、丹坊……やっぱり離れがたくてならねえ。せめて高輪大木戸まで、見送らせてくれ。何なら品川や川崎宿まで一緒に行くぞ」

「今生の別れってわけでもあるまいに、たかが見送りに大げさだなあ。そのうちまた、江戸に来るからよ」

「本当か？　江戸に着いたら、真っ先に千七長屋を訪ねてくれよ」

涙と鼻水で大洪水の体の加助に、丹平が往生する。お縫は父に、素早く目配せした。

「加助さん、一座の親方に挨拶に行こう。丹平さんのことを頼んでおかないとな」

心得た儀右衛門が、加助をその場から連れ出し、お縫は丹平に小声で告げる。

「丹平さんに、会わせたいお人がいるの。こちらに来てちょうだいな」

一座の者と見送人でごった返す人波をかき分けて、橋から外れた川岸へと丹平を連れていく。

朝霧に紛れるように、ひっそりと女が立っていた。

出立ちは商家の女房だが、初見の丹平は、戸惑い顔を向ける。

「えっと、どちらさんで？」

すぐにはこたえず、じっと丹平を見詰める。その目尻から、涙がこぼれた。

「白狐に……命を救われた者です」

丹平が目を見張り、息をすることさえ忘れたように、相手を凝視する。

「本当なのよ、丹平さん。この方は白狐だった頃のお姉さんに、会ったことがあるの」

お縫が引き合わせたのは、日本橋の葛籠問屋、上野屋のお逸であった。

自害を図ろうとしたお逸を止めて、その憂いを払ったのは白狐である。お逸はかいつまんで、その関わりを語った。

「いまでも、よく覚えています。死んではいけないと、白狐は懸命に止めてくれた。十七だった私が思い留まることができたのは、白狐のおかげです」

「十七……姉ちゃんと、同じ歳だ……」

「同じ年頃だったからこそ、私を放っておけなかった……きっとそうです。女の子同士なら、もっと話したいことがたくさんあったのに。結局、一言も話さず仕舞いで、お礼すら言えなかった」

未だにそれが悔いとなって残っている——。お逸はすまなそうに語ったが、丹平は、何かに気づいたような顔をした。

「いま、わかった気がする……どうして姉ちゃんが、根付を譲ったか。やっぱり礼がしたかったんだ！」

「いえ、お世話になったのは、私の方で……」

「たぶん、まったく同じ気持ちだったんだ。あの頃の姉ちゃんも、死ぬことを考えていた。首を括ろうとした姿が己に重なって……だからこそ、踏みとどまってくれたことで、姉ちゃんも救われたんだ！」

え、とお逸は驚いたが、ああ、そうか、とお縫は思わずうなずいていた。

身寄りもなく、足の不自由な弟を抱え、遂には悪事を働くしかなくなった。それももう限界であったに違いない。生きるための悪事なら、やめれば後は死ぬしかない。

しかし千万は、そんな瀬戸際に立つ者が、自分ひとりではないと知った。

理由はまったくわからないが、お逸もまた、自害を試みようとした。同じ年頃とはいえ、片や何不自由ない商家の娘だ。なのに境遇に関わりなく、ふたりはともに死の淵を覗き込んでいる。千万はきっと、初めて仲間を得たような心地がしたに違いない。それはどんな励ましよりも、千万に生きる勇気を与えた。

「姉ちゃんも同じくらい、お逸さんに礼を言いたかった。せめてもの気持ちの証しに、根付をあげたんだ」

根付を手放したのは、盗みから足を洗う、決心の意味もあったように思える。井上末蔵からの依頼を、これが最後と決めていたのなら、よけいにその末路が悲しい。

「おれからも、礼を言わせてくだせえ。あのとき姉ちゃんを助けてくれて……ありがとう、ございやす」

目の前のお逸が、姉の姿に重なったのか。大粒の涙が唐突にあふれ、雫が足早に頬をころがる。ともにその死を悼むように、お逸も目頭を袖口で押さえた。

互いに無言で、慰め合ってでもいるようだ。お縫の胸にも、切なさがあふれた。

「おれの他に、姉ちゃんを覚えてくれているお人がいた。それだけで、姉ちゃんが浮かばれる気がしやす」

腕でごしごしと目許を拭い、泣き笑いの表情をお逸に向ける。お逸は目で微笑んで、そっと懐から小さな布の包みを出した。

「今日は、これをお返しするつもりで参りました」

布に包まれていたのは、翡翠色の目をした、白い狐の根付だった。

「でも、いいんですか？　眠るためのお守りに、なすっていたんですよね？」

「あれから、主人にすべてを打ち明けまして……以来、この根付がなくとも眠れるようになりましたから」

案じるお縫に、大丈夫だとうなずいた。

「この白狐は、いままでずっと、私を守ってくれました。だからこそ、お身内にお返ししなければ。きっと旅路を、守ってくださるはずです」

渡された根付を両手で包み込み、丹平は祈るように握りしめた。瞑《つむ》った目から、ふたたび涙がこぼれる。

思えば、不思議な縁だ。お逸が語ったことで、白狐という名が刻み込まれ、丹平に出会ったとき鮮やかにその姿が形になった。お逸が輪郭を形作り、丹平が細部を彫り上げたことで、この根付が仕上がった――。そんなふうにさえ、お縫には思えてくる。

「おおい、丹坊、どこいったあ？　まさか一足先に、出ちまったんじゃなかろうな」

先刻よりだいぶ薄れた霧の向こうから、加助の声がする。丹平が、思わず笑いをもらす。

「おいちゃんが、おれを探してる。もう行かねえと」

「丹平さん、観念した方がいいわ。あの調子じゃ、本当に川崎宿まで見送りに行きかねないから」

お逸に対して念入りに、礼と別れを告げて、丹平は加助のもとへと駆けてゆく。

「何やら、不思議な縁ですね。お預かりしたあの根付が、めぐりめぐってお身内の元に帰るなんて」

お逸もまた、お縫の思いと似たようなことを口にする。

「縁結びの神なら、あそこにおりますよ。あまりにも持ち込む縁が多過ぎて、少々鬱陶しいのが玉に瑕《きず》ですが」

お逸の根付探しに最後までつき合い、子供の丹平を助け、ふたたびの縁を結んだのも、すべては加助の節介の賜物と言える。

深川の方角から日が昇り、後光のように加助を照らした。

初出　すべて「小説新潮」

白狐　二〇二二年一二月号
三枚の絵文　二〇二三年三月号
籠飼の長男　二〇二三年六月号
庚申待　二〇二三年九月号
白狐、ふたたび　二〇二三年一二月号
牧谿の猿　二〇二四年三月号

装画　安里英晴

牧谿《もっけい》の猿《さる》　善人長屋《ぜんにんながや》
二〇二四年一二月一五日　発行

著　者　西條奈加《さいじょうなか》
発行者　佐藤隆信
発行所　株式会社新潮社
東京都新宿区矢来町七一
郵便番号一六二―八七一一
電話　編集部（03）三二六六―五四一一
読者係（03）三二六六―五一一一
https://www.shinchosha.co.jp
装　幀　新潮社装幀室
印刷所　大日本印刷株式会社
製本所　大口製本印刷株式会社

乱丁・落丁本は、ご面倒ですが小社読者係宛お送り下さい。送料小社負担にてお取替えいたします。
価格はカバーに表示してあります。

ISBN978-4-10-300319-9　C0093